DESEO

D0912651

JANICE MAYNARD
Y llegaste tú...

Editado por Harlequin Ibérica.
Una división de HarperCollins Ibérica, S.A.
Núñez de Balboa, 56
28001 Madrid

© 2018 Janice Maynard
© 2019 Harlequin Ibérica, una división de HarperCollins Ibérica, S.A.
Y llegaste tú…, n.º 2128 - 6.9.19
Título original: His Heir, Her Secret
Publicada originalmente por Harlequin Enterprises, Ltd.

I.S.B.N.: 978-84-1328-194-0
Depósito legal: M-26408-2019
Impreso en España por: BLACK PRINT
Fecha impresion para Argentina: 4.3.20
Distribuidor exclusivo para España: LOGISTA
Distribuidor para México: Distibuidora Intermex, S.A. de C.V.
Distribuidores para Argentina: Interior, DGP, S.A. Alvarado 2118.
Cap. Fed./Buenos Aires y Gran Buenos Aires, VACCARO HNOS.

MIXTO
Papel procedente de fuentes responsables
FSC® C108412
www.fsc.org

Este libro ha sido impreso con papel procedente de fuentes certificadas según el estándar FSC, para asegurar una gestión responsable de los bosques.

Capítulo Uno

El escocés había vuelto.

Con el corazón acelerado, Cate Everett se inclinó sobre la vieja y desconchada pila de porcelana y apartó la cortina con un dedo. Desde su apartamento tenía unas vistas perfectas de la calle.

Brody Stewart. El hombre al que no veía desde hacía cuatro meses y había pensado que jamás volvería a ver. Brody Stewart. Metro noventa, hombros anchos, músculos fibrosos y una voz ronca pero aterciopelada que podía bajarle la ropa interior a una chica antes de que ella se diera cuenta.

El escocés había vuelto.

¡No estaba preparada!

Su té recién hecho estaba enfriándose en la mesa. El día de finales de febrero había sido gélido y gris, una combinación que reflejaba a la perfección el estado de ánimo que la había asolado desde que se había levantado al amanecer. Había pensado que la reconfortante bebida la animaría un poco, pero unos portazos y unas fuertes voces masculinas la habían distraído y llevado hasta la ventana. Y ahora ya lo sabía. El escocés había vuelto.

Cate tenía que reconocer que no había visto el desastre venir cuatro meses atrás. Cuando una abuela te presenta a su nieto, normalmente te lleva a pensar que ese tipo no es capaz de buscarse sus propias parejas, pero en este caso no era cierto. Brody Stewart podía tener a la mujer que quisiera con un simple parpadeo de sus ojos azules enmarcados por largas pestañas. Aún recordaba las diminutas arrugas que le salían junto a los ojos cuando sonreía. Brody sonreía mucho.

¡Por Dios! Las piernas le temblaban sincronizadas con las mariposas que le revoloteaban por el estómago. Necesitaba sentarse y beberse el té, pero no era capaz de apartarse de la ventana.

En la calle, una señora diminuta y canosa daba órdenes a dos hombres increíblemente parecidos. Brody era uno de ellos. El otro debía de ser Duncan, su hermano pequeño. Sacaban maletas del coche de alquiler mientras copos de nieve danzaban por el aire, pero ninguna de las tres personas que estaba espiando parecía notar el frío; tal vez porque eran originarios de las Tierras Altas de Escocia, un lugar donde los vientos invernales azotaban los páramos y los linajes se remontaban más allá de los fuertes y bravos clanes de guerreros.

Debía calmarse y centrarse. Además, tenía una tienda que regentar.

Obligándose a ignorar su intensa fascinación por lo que estaba pasando en la calle, agarró la taza con manos temblorosas, se bebió casi todo el té y bajó las escaleras. El descanso del almuerzo había terminado.

Durante cinco años había encontrado consuelo y orgullo en su encantadora y peculiar librería, Páginas Arrugadas. La tiendecita con suelos de madera irregulares e hileras de antiguas estanterías ocupaba un lugar de honor en la calle principal de Candlewick, Carolina del Norte, por donde desde el solsticio de primavera hasta casi Acción de Gracias pasaban turistas llevando dólares y vida a la región.

Escondida en la Cordillera Azul y a una hora de Asheville, Candlewick te trasladaba a una época más sencilla en la que todos los vecinos se conocían, apenas había delincuencia y la calidad de vida compensaba la carencia de cines con películas de estreno y restaurantes de renombre.

Cate ordenó la sección de Historia Local y fue limpiando el polvo de cada ejemplar, uno a uno, mientras se felicitaba por resistir la tentación de salir a la calle.

Sin previo aviso, el tintineo de la campanilla que colgaba sobre la puerta anunció la llegada de un cliente.

–Señora Izzy. ¿En qué puedo ayudarla? –preguntó nerviosa.

Isobel Stewart apenas alcanzaba el metro cincuenta, pero tenía el porte de una amazona. Décadas atrás había salido del hogar de sus padres en Inverness para ocupar un puesto de secretaria en la gran ciudad de Edimburgo, donde conoció a un carismático norteamericano que había ido a Escocia a estudiar durante un semestre.

Tras un apasionado cortejo, se casó con el joven y lo siguió hasta Estados Unidos… o Candlewick, Carolina del Norte, para ser más precisos. Se entregó a su nueva vida con una sola petición: mantener su apellido de soltera. Y su marido no solo accedió, sino que se cambió legalmente el suyo para darle continuidad al linaje de los Stewart, y juntos levantaron un negocio de construcción de cabañas en las montañas.

En el transcurso de los años amasaron una vasta fortuna y tuvieron un único hijo que, por desgracia para ellos, sintió la llamada de sus raíces escocesas y se instaló en las Tierras Altas al terminar la universidad. Sus dos hijos eran los dos hombres que Cate había estado espiando. Los nietos de Izzy.

Isobel Stewart ojeaba los títulos del estante de «nuevos lanzamientos».

–Quiero que vengas a cenar hoy, Cate. Brody ha vuelto y esta vez ha venido con Duncan.

–Debe de estar encantada –dijo Cate esquivando la pregunta, que en realidad había sonado más como una orden. Isobel no solía aceptar un no por respuesta.

De pronto, la mujer aparentó cada uno de sus noventa y dos años.

–Te necesito –murmuró como si la avergonzara su debilidad.

El olor a limpiador de limón impregnaba el aire.

–¿Qué pasa, señora Izzy?

Cuando la anciana escocesa parpadeó conteniendo las lágrimas, no supo distinguir si eran sinceras o fingidas.

–En mi apartamento no tengo sitio para dos hombres tan grandes, así que les he dicho a los chicos que tienen que instalarse en la casa grande.

La casa grande era la lujosa e increíblemente preciosa propiedad que Isobel tenía en la cima de la montaña y en la que no había sido capaz de volver a dormir tras la muerte de su esposo seis meses atrás. Como muchos de los negocios de Candlewick, Propiedades Stewart ocupaba un edificio histórico en Main Street, e Izzy se había acostumbrado a dormir en el segundo piso, encima de las oficinas.

–Tiene sentido –dijo Cate percibiendo que había una trampa–. ¿Pero qué puedo hacer yo?

6

—Los chicos querían sorprenderme por mi cumpleaños y han contratado un cocinero para que nos sirva la cena esta noche. No he tenido el valor de decirles que no quiero ir.

—Oh, no recordaba que era hoy. Feliz cumpleaños. Pero Brody ha estado aquí antes. Seguro que los dos pasaron algún tiempo en la montaña.

—Ya que era solo Brody, durmió en el sofá, en el apartamento, conmigo.

—Señora Izzy, tal vez este sea el modo de romper el hielo. Han pasado seis meses. Cuanto más se aleje, más difícil será. Seguro que sus nietos han planeado la cena de cumpleaños para hacerla subir allí.

—Yo no siento que hayan pasado meses. Me parece como si hubiera sido ayer. El espíritu de mi querido Geoffrey es un fantasma en cada habitación de la casa. Acompáñame —le suplicó y, por primera vez, Cate fue testigo del profundo dolor de Isobel Stewart por haber perdido al amor de su vida.

—Es una celebración familiar. Resultará extraño que vaya yo.

—En absoluto. En realidad, ha sido idea de Brody.

Cinco horas después, Cate estaba esperando en la puerta de Propiedades Stewart helada de frío. En la acera había dejado su modesto coche con el motor encendido.

Cuando por fin Izzy salió, parecía demasiado alegre para tratarse de alguien que estaba a punto de enfrentarse a una experiencia desagradable.

—Justo a tiempo. Eres una joven encantadora. A los

7

hombres no les gustan las mujeres que no saben ser puntuales.

Cate la ayudó a subir al coche.

–Eso es un estereotipo, señora Izzy. Seguro que hay tantos hombres como mujeres con problemas de puntualidad.

Isobel resopló y cambió de tema.

–Pensé que te pondrías un vestido –refunfuñó con su marcado acento escocés.

–Esta noche llegaremos a 7 grados bajo cero. Son los mejores pantalones de vestir que tengo.

–¡Pantalones! Brody y Duncan son hombres apasionados. Seguro que les habría gustado ver un poco de pierna, y las tuyas son espectaculares, jovencita. Cuando tengas mi edad, desearás haber apreciado más lo que tenías cuando lo tenías.

No se podía discutir contra la lógica anticuada y sexualmente obsoleta de una nonagenaria.

Cate suspiró. Por desgracia, el trayecto hasta la montaña era corto y Brody estaría allí. ¿Qué iba a decirle?

La casa de Izzy era espectacular, una magnífica joya arquitectónica que había sido portada de *Southern Living*.

–¿Estará usted bien? –le preguntó tocándole el brazo con cariño cuando llegaron.

–Sobrevivir a tus amigos y coetáneos es una putada, Cate.

–¡Señora Izzy! –todavía le sorprendía la falta de respeto de la anciana por las convenciones sociales.

–No seas tan remilgada. ¿De qué sirve envejecer si no puedes decir lo que te apetece?

–Y volviendo a mi pregunta… ¿estará usted bien?

Izzy miró por la ventanilla.

–Construyó esta casa para darme las gracias por haber dejado Escocia, mi familia, mi hogar. Por venir aquí con él. Tonto –se le quebró la voz–. Habría dado todo eso y mucho más por pasar un día más con ese vejete.

A Cate se le hizo un nudo en la garganta de la emoción. Izzy parecía inquieta.

–Será mejor que lo hagamos de una vez. No lloraré, no te preocupes. Ya he derramado demasiadas lágrimas. Además, no quiero que los chicos piensen que han hecho mal. Vamos, mi niña.

Las dos recorrieron el camino de piedra bajo un gélido viento. Un momento después, las puertas dobles de roble se abrieron, la enorme lámpara de araña del vestíbulo iluminó la oscuridad y la anciana se vio envuelta por los entusiastas abrazos de sus supermasculinos nietos.

El cabello castaño tupido y ondulado de Brody resplandecía con reflejos rubios dorados. Duncan, con los ojos marrones, lo tenía más oscuro y más liso. Aunque los hermanos se parecían en muchos aspectos, Izzy le había dicho en una ocasión que Brody se parecía más a su madre irlandesa mientras que Duncan era una versión en joven de su abuelo. Y ahora que por fin lo había conocido, estaba de acuerdo. Era increíble cuánto se parecía a Geoffrey Stewart. Se preguntó si a Izzy le resultaría doloroso ver en él el recuerdo de su marido.

Se quedó en la puerta un poco rezagada, nerviosa y aún sin saber por qué había accedido a ir. Izzy tiró de ella.

–Cate, querida, te presento a Duncan.

Duncan le agarró la mano y se la besó.

–Encantado, señorita Everett.

–Corta el rollo, Duncan –protestó Brody.

–¿Qué? ¿Qué he hecho?

–Ve a ver cómo va la cena.

Duncan se llevó a su abuela, y Cate y Brody se quedaron solos.

El hombre al que había evitado ver hasta ahora le sonrió y con su delicioso acento escocés dijo:

–Sorpresa, mi niña. He vuelto.

Brody no era idiota. Sabía cuándo una mujer se alegraba de verlo y cuándo no, y ahora mismo Cate Everett parecía una mujer que hubiese tomado leche en mal estado. Con el orgullo un poco herido, se esforzó por mantener la sonrisa.

–Has sido muy amable al acompañar a mi abuela. Sé que ha estado temiendo este momento.

Cate se quitó el abrigo y se lo dio.

–¿Entonces por qué habéis forzado la situación?

Él se encogió de hombros y se giró para colgar el abrigo.

–Mi abuela de noventa y dos años ha estado durmiendo en una habitación del tamaño de un armario con lo estrictamente imprescindible. El abuelo ya no está y esta casa sigue aquí. No podemos seguir fingiendo.

–¿Siempre estás tan seguro de saber qué es lo mejor para todo el mundo?

Él se la quedó mirando a pesar de que lo que de

verdad quería era besarla. La última vez que se habían visto habían estado desnudos y sin aliento en la cama de Cate.

–¿Te he molestado de algún modo, Cate? Tenía que marcharme. Lo sabías.

Un mes después del funeral de su abuelo, Brody había vuelto a Candlewick para pasar tiempo con su abuela y comprobar el estado del negocio familiar. Propiedades Stewart era una empresa próspera con una reputación brillante en los Estados Unidos.

Por desgracia, Geoffrey Stewart ya no estaba y el padre de Brody no tenía ningún deseo de volver a los Estados Unidos de forma permanente, así que había que hacer algo con la abuela Isobel.

Brody había pasado cuatro semanas en Carolina del Norte y dos de ellas viviendo una salvaje y ardiente aventura con la preciosa y brillante Cate Everett. Durante el día había sido un nieto obediente y diligente y por las noches se había visto atraído al lado de esa mujer que en el pequeño pueblo tenía reputación de ser buena pero distante, aunque con él, en cambio, había sido todo lo contrario.

Para ser sincero, el grado de su encaprichamiento por ella le había hecho sentirse algo incómodo. Había tenido bastantes relaciones, pero cuando su abuela le presentó a su joven amiga y vecina, había reaccionado como un tímido y torpe adolescente.

Cate era una mezcla de mujer fatal y maestra solterona. Su cabello rubio claro era como el sol en una tarde de invierno. La mayoría de las veces lo llevaba recogido hacia atrás, pero cuando se lo soltaba… ¡Joder! Incluso ahora sus dedos ansiaban tocar esa cascada de seda que en el pasado había caído sobre su torso desnudo y que seguía protagonizando sus fantasías.

Era alta, debía de alcanzar el metro ochenta. Él conocía las curvas y los valles de su seductor cuerpo, pero Cate solía ocultarlo bajo chaquetas de punto anchas y jerséis que le llegaban por debajo de la rodilla. No entendía por qué una mujer tan tremendamente femenina se esforzaba tanto en taparse.

Después de un largo e incómodo silencio, ella esbozó una sonrisa de arrepentimiento.

–Lo siento. Ha sido un día largo. Está bien volver a verte, Brody.

–¿Está bien? –preguntó él arrugando la nariz.

–No quería darte la impresión de que me interesa retomar las cosas donde las dejamos.

–A lo mejor yo ni siquiera te lo iba a pedir –le respondió deliberadamente. Su actitud le resultaba frustrante y desafiante. Nunca había conocido a una mujer tan complicada.

Cate suspiró.

–Aquí en el vestíbulo hace frío. ¿Te importa si vamos con los demás? Me muero de hambre.

–Claro. Recuerdo cuánto te gusta comer.

Cuando Cate se sonrojó, él sonrió por dentro. El otoño anterior, en una memorable ocasión, había salido de la cama de Cate a media noche y se habían preparado huevos revueltos con beicon porque se habían saltado la cena a favor de un encuentro sexual urgente y alucinante.

Ya que Cate conocía la casa de Isobel, la dejó ir delante. Su abuela y ella eran amigas desde hacía varios años, pero aunque Brody había intentado sonsacarle información sobre la distante norteamericana, la anciana le había dado pocos detalles.

Encontraron a Isobel y Duncan en el comedor. Isobel estaba de pie detrás de la silla que había ocupado siempre su marido.

—Uno de vosotros dos debería sentarse aquí —dijo con voz débil y temblorosa.

Brody y Duncan se miraron.

—Yo no puedo, abuela. Y Duncan tampoco.

—¿Entonces para qué me habéis hecho subir aquí? —preguntó con brusquedad y con los ojos llenos de lágrimas—. Si ni siquiera mis nietos siguen adelante, ¿cómo lo voy a hacer yo?

Capítulo Dos

Para alivio de Brody, Cate dio un paso al frente.

–Señora Izzy, ¿qué le parece si esta noche ocupo yo la silla del señor Geoffrey? Sería un honor. Y usted puede sentarse a mi lado.

Brody la miró gesticulando un gracias y, así, los cuatro se sentaron a la mesa. Por suerte, el cocinero comenzó a servir la elaborada cena de inmediato ayudando así a calmar el momento de tensión. Los hermanos habían pedido los platos favoritos de Izzy: trucha fresca, patatas y zanahorias sazonadas, panecillos hojaldrados y espárragos tiernos, todo ello acompañado por un caro zinfandel. Aunque poco, la abuela comió encantada. Estaba radiante.

Cate puso mucho de su parte, no solo al ocupar el sitio del fantasma en la mesa, sino también con su aguda y entretenida conversación.

Duncan se mostró especialmente fascinado por ella para disgusto de Brody, que al parecer no supo ocultar sus emociones, porque la abuela se dirigió a él diciéndole:

–¿Estás bien, mi niño?

–Estoy bien.

Cate lo miró con esos ojos verdes de gato que siempre le hacían sentirse incómodo. No le gustaba que una mujer pudiera ver dentro de su alma.

14

Desesperado por desviar la atención, le dio una patada a su hermano por debajo de la mesa.

—Abuela, Duncan tiene algunas ideas para la empresa.

—Te escucho —respondió la mujer.

Duncan miró a su hermano como prometiéndole venganza.

—Abuela... creo que tiene mucho sentido poner en venta Propiedades Stewart. No deberías estar viviendo sola a tu edad y piensa en lo feliz que sería papá si volvieras a Escocia.

Se hizo un absoluto silencio y los cuatro se quedaron paralizados alrededor de la mesa. De pronto, Cate se aclaró la voz y se levantó.

—Esto es un asunto familiar. Si me disculpáis, me voy a la biblioteca.

Antes de que Brody pudiera protestar, Isobel habló:

—No te vas a marchar, Cate. Te he pedido que me acompañes esta noche porque te considero una de mis mejores amigas y, al parecer, puede que necesite a alguien a mi lado.

—Eso no es justo, abuela, y lo sabes —protestó Brody—. Duncan y yo te adoramos y queremos lo mejor para todos. En esta conversación no hay ni lados ni bandos.

Su abuela resolló; era un sonido que él reconocía desde su infancia.

—Cuando esté muerta, podréis hacer lo que queráis con vuestra herencia, pero mientras tanto, esta empresa que Geoffrey y yo levantamos con nuestro sudor y nuestras lágrimas es lo único que me queda de él. Y, para ser sincera, he de decir que os agradezco que me hayáis obligado a volver a la casa, porque no me había dado cuenta de cuánto la echaba de menos.

—Podemos vender la empresa y conservar la casa —dijo Brody.

—¿Qué parte de «no se va a vender nada» no habéis entendido? Soy vieja. ¿No lo veis? No estaré aquí mucho tiempo más. Además, tengo dos administradores excelentes que me están ayudando mucho ahora que no está Geoffrey.

Cate le lanzó a Brody una mirada de comprensión antes de decir:

—Pero recuerde, señora Izzy, que Herman se va a mudar a California y para Kevin es demasiado trabajo. Usted misma lo dijo.

—Entonces uno de estos dos tomará el relevo. Seguro que no es tanto pedir que una anciana espere eso de sus propios nietos.

De nuevo se hizo el silencio, pero Cate siguió intentando ayudar. ¡Qué generosa era!

—Brody tiene su negocio de barcos en Skye. Seguro que no le pediría que renunciase a él. Y Duncan también es socio, ¿no?

—Sí. Me encargo de las operaciones financieras.

—¡Pues vended vuestro negocio! Los dos os podéis mudar aquí. Propiedades Stewart algún día os pertenecerá. Vuestro padre no necesita nada mío.

El hijo de Isobel y padre de Brody y Duncan era un artista conocido a escala mundial con varias galerías por las Islas Británicas. Tenía un éxito inmenso y era escandalosamente rico.

Brody se pasó una mano por el pelo. Nunca, jamás, se habría podido imaginar que su abuela pudiese ser tan complicada. ¿Qué había pasado con las dulces y dóciles ancianitas que tejían e iban a misa los domingos y dejaban a los hombres tomar las decisiones?

—A lo mejor deberíamos dejar el tema y meditarlo con más calma, abuela. Creo que lo mejor es que disfrutemos de la cena.

Justo en ese momento el cocinero llegó con el postre, unas tartaletas de manzana y nata calientes, y Brody agradeció la interrupción. La única razón por la que los habían mandado a Carolina del Norte era para solucionar los asuntos empresariales de su abuela y llevarla de vuelta a Escocia.

Pero las probabilidades de que eso sucediese eran cada vez más remotas.

Durante el café y el postre dejaron de lado los asuntos delicados y Brody se permitió, por primera vez esa noche, observar detenidamente a Cate. Había esperado que lo que había creído recordar de ella durante esos cuatro meses fuera exagerado; seguro que no tenía ni la piel tan suave ni la voz tan sensual. Sin embargo, en persona esa mujer era todo con lo que había soñado, lo cual complicaba aún más la situación. No podía dejarse llevar y jugar con una mujer a la que su abuela apreciaba tanto.

De todos modos, eso ya no debería importarle, porque, por la razón que fuera, Cate había cambiado. Cuatro meses atrás le había sonreído con sinceridad mientras que ahora lo esquivaba. Aunque quisiera volver a irse a la cama con ella, no parecía muy probable que Cate fuese a querer lo mismo.

A las nueve Isobel ya estaba visiblemente cansada.

—Creo que es hora de dormir, señora Izzy. ¿Lista para bajar la montaña? —dijo Cate.

–Ahora mismo. Pero ya que estos críos me han obligado a venir y estoy aquí, me gustaría dar un paseo por la casa antes de irnos. Duncan, acompáñame. Brody, haz compañía a Cate hasta que yo vuelva.

Cuando salieron de la sala, Brody se rio.

–Seguro que no pesa ni cuarenta kilos y, aun así, nos tiene controlados.

–No os va a ser fácil hacerla cambiar de opinión.

–Y puede que sea hasta imposible.

–¿Has pensado en trasladarte durante unos años? ¿Por ella?

Brody captó cierta trampa en la pregunta.

–Mi vida está en Escocia –dijo con rotundidad–. He pasado siete años levantando mi negocio. Necesito el agua. Me habla. Aquí no hay nada que se le pueda comparar.

–Entiendo.

Él bordeó la mesa que los separaba y le acarició el pelo.

–Te lo volveré a preguntar, Cate. ¿He hecho algo que te haya molestado?

–Claro que no –respondió, aunque su tono contradecía sus palabras.

–Te he echado de menos, Cate –el deseo lo golpeó con la fuerza de un mazo y las manos le temblaron queriendo llevarla hacia él y besarla.

Ella lo miró; sus ojos eran como un acertijo que no podía resolver.

–Yo también te he echado de menos –susurró.

Y entonces sucedió. De pronto, se estaban besando. Sus labios se engarzaban, se separaban, y se volvían a juntar. Cate sabía a manzana, era una pura maravilla.

18

El corazón le palpitaba con fuerza y el miembro se le endureció. Durante un instante de claridad, supo que esa era una de las razones por las que había vuelto a Carolina del Norte.

—Cate… —murmuró.

El cocinero entró en el comedor para llevarse los platos y ella se apartó con brusquedad y con una expresión que oscilaba entre el horror y el asco, lo cual no tenía ningún sentido. Habían estado bien juntos. Había sido sensacional.

—Tienes brillo de labios en la barbilla —le susurró nerviosa.

Él se limpió con una servilleta y miró la mancha rosa en el lino blanco. Antes de poder decir nada, Duncan e Isobel entraron en la sala.

Era obvio que la abuela había estado llorando, pero ahora parecía tranquila. Brody miró a su hermano, que asintió con la cabeza. Al parecer, todo estaba bien.

—Ya nos vamos —dijo Cate.

Isobel la siguió hasta el vestíbulo principal, y mientras Duncan las ayudaba a ponerse los abrigos, Brody dijo:

—Yo os bajaré. Está oscuro y es tarde.

Cate frunció el ceño.

—No seas ridículo. Soy perfectamente capaz de apañármelas con esta montaña. Me gusta este lugar, no como a ti.

Brody se estremeció por dentro. No se había equivocado: a Cate le pasaba algo.

—¿Puedes acompañar a la abuela hasta su casa y dejarla acostada? —le preguntó en voz baja.

—Claro. Llevo mucho tiempo cuidando de ella. Vosotros vinisteis al funeral y os volvisteis a marchar. Ella es muy importante para mí. No la dejaré sola.

—¿Estás queriendo decir con esto que soy una decepción?

Cate se encogió de hombros y se sacó el pelo del cuello del abrigo.

—Si te das por aludido, por algo será.

Duncan intervino.

—¿Podéis dejar de discutir? La abuela necesita meterse en la cama.

—Puedo esperar. A mi edad, no necesito dormir tanto. Además, ver a Brody intentando cortejar a Cate es la pera.

—No es ningún cortejo —protestó Cate ruborizada—. Solo estábamos intercambiando opiniones, aunque en realidad no importa, ¿verdad? Izzy es de Carolina del Norte, igual que yo. Duncan y tú solo estáis de paso.

Y con ese comentario mordaz, salió con Isobel y cerró la puerta de golpe.

—¿Qué has hecho para cabrearla así? Ni siquiera llevamos veinticuatro horas en Candlewick.

—No sé de qué me hablas.

—Puede que sea un poco más joven que tú, pero he estado con unas cuantas chicas. La tensión sexual que hay entre la encantadora Cate y tú es bestial.

—No la llames «encantadora». No la llames nada de nada.

—Hace cuatro meses pasó algo, ¿verdad?

—Nada que sea asunto tuyo.

—Tuviste algo con esa mujer preciosa y después volviste a casa. Qué frío, Brody. Qué frío. No me extraña que te mire como si quisiera estrangularte.

—No fue así. La abuela nos presentó y Cate y yo… nos acercamos.

—¿Durante las cuatro semanas enteras?

—Durante las dos últimas. Surgió sin más, no fue nada planeado. ¿Y ahora podemos hablar de otra cosa, por favor?

—De acuerdo. ¿Qué vamos a hacer con la abuela?

Mierda. Ese tema de conversación no era mucho mejor.

—Tenemos que convencerla de que venda. Es demasiado mayor para estar aquí sola.

—Tiene a Cate.

—Cate no es familia.

—No creo que eso le importe a la abuela. Esa mujer cruzó un océano con su marido nada más casarse y empezó una vida completamente nueva. Es fuerte. Perder al abuelo ha sido un golpe enorme para ella, pero sigue en pie y peleando. ¿Y si la llevamos a Escocia y supone otro mazazo para ella, el último tal vez? No ha vivido allí desde que era muy joven. Candlewick, el negocio y esta casa son todo lo que conoce.

—¿No te estás olvidando de nuestro padre, su hijo?

—Papá es un excéntrico. La abuela y él se quieren, pero lo suyo funciona muy bien a larga distancia. Ese no es motivo para secuestrarla. Es un alma independiente y no quiero quebrantar su espíritu.

—¿Y crees que yo sí? —gritó—. Lo siento —susurró al instante.

Duncan echó el cerrojo y apagó las luces.

—Estamos agotados. Vámonos a dormir. A lo mejor mañana nos viene la inspiración.

—Lo dudo.

**

Brody se quedó dormido al instante, pero se despertó cuatro horas después totalmente desorientado. En su casa ahora sería media mañana y él estaría en el lago con el viento azotándole el pelo y el sol de espaldas. Se obligó a calmarse. Nadie podía obligarle a trasladarse a los Estados Unidos.

Sin previo aviso, una imagen de Cate Everett le llenó el cerebro. Jamás lo admitiría, pero incluso con un océano de por medio, Cate no había salido de su cabeza en los últimos cuatro meses. Adoraba su cálida sonrisa, su atractiva risa y cómo el pelo le caía sobre su torso como una cálida seda cuando estuvieron juntos en la cama.

No podía decirse que hubiese sido exactamente desinhibida entre las sábanas; de hecho, las tres primeras veces que habían intimado, había insistido en tener la luz apagada. A él esa timidez le había parecido dulce y encantadora y había vivido como un triunfo personal el día en que le había dejado desnudarla y hacerla gritar de placer a plena luz del día.

El recuerdo le hizo sudar. Se levantó y, descalzo, recorrió los silenciosos pasillos de la casa hasta la cocina, donde se sirvió un zumo de naranja. El amplio espacio había sido reformado diez años atrás. A pesar de su avanzada edad, a Isobel le gustaban los cambios, incluso adoraba la tecnología.

Le debía mucho a su abuela. Lo había ayudado a salir adelante en una época muy dolorosa de su vida, cuando tenía quince años y sus padres se habían divorciado. La situación en casa se había vuelto insoportable y su abuela había insistido en que los chicos fueran a Carolina del Norte a pasar una larga temporada. Esas montañas habían sido como un bálsamo curativo.

Pero a pesar de saber que tenía esa gran deuda con ella, pensar en quedarse en Candlewick lo revolvía por dentro, porque significaría tener que ver a Cate y enfrentarse a sus confusos sentimientos por ella. Era mucho más sencillo vivir en otro continente.

Después de estar hora y media caminando de un lado para otro, le resultaba imposible dormir. Sin pensarlo dos veces, volvió a su habitación y se vistió rápidamente.

Ya que a esas horas Duncan no necesitaría el coche que habían alquilado, se subió en él y bajó la carretera de montaña. No tardó en llegar al pueblo. Candlewick aún dormía y Main Street estaba desierta.

Aparcó y agarró un puñado de gravilla de los bonitos parterres que adornaban la acera. Miró hacia la librería de Cate. El toldo de rayas burdeos y verde se lo iba a poner difícil. Retrocedió hasta la mitad de la calle esperando que la policía local también estuviera durmiendo y, sintiéndose como un idiota, lanzó una piedrecita hacia la ventana del dormitorio de Cate.

Capítulo Tres

Cate gruñó y se tapó las orejas con la colcha. Esa estúpida ardilla estaba otra vez rondando por el desván.

Después de la cena de cumpleaños de Isobel, había metido a la anciana en la cama tal como había prometido y, ya en su casa, había vagado sin rumbo fijo por la librería durante un largo rato. Leyó un par de párrafos de un libro, lo volvió a dejar en la estantería y después siguió moviéndose de un lado para otro, inquieta.

Cuando por fin subió a su habitación, estuvo dando vueltas en la cama durante más de una hora antes de quedarse dormida. Ver a Brody la había desestabilizado hasta un extremo inquietante.

Clink. Clink. Oyó el sonido dos veces más, y después una más, hasta que cayó en la cuenta de lo que estaba pasando. Brody Stewart. Se apostaba su primera edición firmada de *Lo que el viento se llevó* a que era él.

Gruñendo por tener que salir de la cálida crisálida de las sábanas y la colcha, fue hasta la ventana. De pronto, la lluvia de gravilla cesó y el hombre que había abajo le hizo señas.

¿Estaba loco? Aún faltaban horas para que amaneciera. Frunciendo el ceño, levantó la pesada ventana de madera, se asomó y lo miró.

—¿Qué quieres, Brody?

—Baja y ábreme. Tenemos que hablar.

24

—¿Has visto qué hora es?

—No podía dormir. Por favor, Cate. Es importante.

En realidad, sí que tenían que hablar. El secreto con el que estaba cargando le pesaba cada vez más y el tiempo corría.

—De acuerdo. Bajo en un minuto.

No estaba dispuesta a ver a Brody en pijama de franela. Se puso unos vaqueros y un jersey de cachemira rojo y unas zapatillas de estar por casa de lana. Tenía el pelo hecho un desastre, pero no le importaba. Mostrarse atractiva ante Brody Stewart era lo que la había metido en esa espantosa situación.

No encendió las luces al bajar. Si alguno de sus vecinos estaba despierto, no quería que supieran que tenía un invitado a altas horas de la noche. Candlewick se alimentaba de cotilleos.

Descorrió el cerrojo, abrió la puerta y Brody entró en la tienda apresuradamente.

—Joder, qué frío hace.

—¿Y tu abrigo?

—Tenía prisa y se me ha olvidado.

—Vamos a la oficina —murmuró con cuidado de no rozarle—. Encenderé la chimenea.

Él la siguió por el estrecho pasillo sin decir nada y se mantuvo en silencio mientras ella preparaba el fuego. Después, se sentaron en los dos sillones. Eran viejos y estaban desgastados, pero esas dos antigüedades iban incluidas en la tienda cuando la compró, y le encantaban.

—Siéntate y dime qué es eso tan importante que no podía esperar a mañana —dejaría que le contara lo que tuviese que decirle y después sacaría valor para con-

25

tarle el secreto que había estado ocultándole a todo el mundo.

Había dejado las lámparas apagadas a propósito porque la luz del fuego aportaba algo de paz y calma a una situación incómoda e inquietante.

—Te debo una disculpa.

—¿Por qué?

—Por lo que estoy a punto de decirte. Hace cuatro meses tuvimos algo maravilloso y te mentiría si te dijera que no me gustaría llevarte arriba ahora mismo y hacerte el amor durante tres días seguidos.

Sus rotundas palabras la hicieron sentirse aturdida de deseo, pero nada de lo que él hubiera dicho hasta el momento lograba borrar la sensación de que había un desastre en ciernes.

—Me da la sensación de que ahora viene un «pero» —dijo ella fingiendo indiferencia cuando por dentro se le estaba helando el corazón.

—«Pero» no puedo tener algo contigo y atender a la abuela a la vez. Tengo una responsabilidad.

—Qué noble por tu parte —dijo conteniendo las lágrimas que se negaba a derramar.

—Nunca tuve intención de volver. Mi padre ha estado en contacto con ella desde que me marché y dimos por hecho que había puesto la casa y el negocio en venta y que volvería a Escocia.

—Perdóname, pero me parece que no la conocéis muy bien. Haría falta un cartucho de dinamita para sacarla de este pueblo. Si se quiere quedar, se quedará.

—Joder, Cate, lo sé muy bien… ahora —dijo con su marcado acento escocés—. ¿Crees que podrías hablar con ella? ¿Para hacerme ese favor?

–Podría, pero no lo haré. Es mi amiga y mi trabajo es apoyarla.

–Seguro que tú también sabes que es hora de que venga con nosotros.

–¿Y por qué no os podéis quedar aquí uno de los dos? –Cate estaba luchando por su futuro. Le importaba la felicidad de Isobel, pero había algo más en juego.

–No tiene sentido. La abuela ha vivido una vida plena y maravillosa. Las cosas cambian y ahora ha llegado el momento de que su etapa en Candlewick llegue a su fin.

–¿Alguien te ha dicho alguna vez que eres un escocés arrogante e idiota?

–Vaya, no te reprimas, Cate.

–No te preocupes, no lo haré –dijo levantándose con brusquedad. Las palabra que necesitaba pronunciar le temblaban en los labios. «Estoy embarazada, Brody. De ti».

Había estado pensando en enviarle una carta a Escocia; una carta escueta, directa y moralmente correcta en la que lo absolvía de toda responsabilidad. Y le había parecido un buen plan, hasta que él se había presentado allí. Volver a verlo había sido un impacto. No se había esperado sentirse tan feliz ni tan tristemente segura de que ese hombre no era ni la respuesta a sus problemas ni el caballero sobre el blanco corcel.

Aún estaba intentando asimilar el embarazo. Nunca había tenido un periodo regular, y por eso habían pasado doce semanas hasta que había ido al médico y le habían confirmado que el cansancio y las náuseas no eran algo meramente temporal.

Siempre le habían encantado los niños, y estaba decidida a ser la madre cariñosa y entregada que nunca había tenido. Sus padres la habían cuidado, pero movidos por la obligación y el deber, no por la devoción.

Pero ¿y si Brody insistía en que el bebé viviera en Escocia e intentaba alejarla de él? La idea de perder la custodia hizo que le brotara un instinto maternal desconocido. Se enfrentaría a Brody si era necesario. Se enfrentaría al clan Stewart al completo. ¡Ese bebé era suyo!

Por otro lado, seguro que no se quedaría por allí perdiendo el tiempo. Estaba claro que no le quedaba ningún sentimiento por ella. Al menos, nada que fuera más allá del deseo de un hombre por la mujer con la que se había acostado. De lo contrario, no estaría insistiendo tanto en no resucitar su aventura. Si lograba evitarlo y mantenerse al margen del drama familiar, Brody volvería a marcharse y ella jamás tendría que decirle la verdad, aunque en el fondo sabía que no era buena idea. Además, ¿no acabaría Izzy descubriéndolo todo? Su anciana amiga no era ni tonta ni ingenua. Sabía que su nieto y su vecina habían pasado mucho tiempo juntos en otoño, y aunque hasta ahora no hubiese sospechado de sus encuentros sexuales, en cuanto a Cate se le empezara a notar la barriga, Isobel haría cuentas y sabría que había otro Stewart en camino.

La tensión se apoderó de ella en forma de jaqueca. Era una mujer inteligente. Seguro que encontraba el modo de salir de esa situación.

«Díselo. Díselo». Posponer la verdad solo complicaría las cosas, pero no era capaz de pronunciar esas palabras. ¿Qué le iba a decir? ¿Cómo reaccionaría él? Se sentía frágil e impotente y odiaba encontrarse así.

Si ella aún estaba haciéndose a la idea de tener un bebé, a Brody le parecería increíble, imposible. Aunque no había estado tomando anticonceptivos cuando conoció al guapo escocés, ya que su vida sexual había sido inexistente desde que se había mudado a Candlewick, Brody no había tenido ningún problema en conseguir unas provisiones de preservativos que parecían interminables. Pero entonces, en una ocasión en mitad de la noche, se había producido aquel encuentro de ensueño, y de un modo tan natural como respirar se habían unido entre suspiros y gemidos mientras el mundo dormía. Ella había separado las piernas para él, que la había reclamado como suya. Tal vez Brody ni siquiera lo recordaría. Habían hecho el amor muchas veces, pero quizás un hombre no las contaba de forma independiente.

Cate, sin embargo, recordaba cada una de esas veces con vívidos detalles.

Pero no era momento de ahondar en el pasado, ni tampoco era momento de regodearse en la tristeza. No conocía a Brody Stewart lo suficiente como para permitirle que le rompiera el corazón. El amor no sucedía tan de pronto.

Él esperaba en el sillón mientras ella caminaba de un lado a otro, pensativa. El corazón le decía que no debía aliarse con los nietos de Isobel, que debía luchar por la felicidad de la mujer... y por la suya propia. Finalmente, se detuvo y se cruzó de brazos.

—Marchaos a casa, Brody. Tu hermano y tú. Dadle la oportunidad de volver a sentirse bien en su casa. Ahora que ha vuelto a subir, creo que dejará de vivir encima de la oficina.

—¿Y después?

—Después nada. Vosotros vivís vuestra vida en Escocia y ella vive la suya en Candlewick. Os llamaré cuando llegue el momento.

—Cuando muera.

—Si quieres expresarlo de ese modo tan directo, sí.

Brody se levantó lentamente y, desafiando el voto de castidad temporal al que se había sometido, le puso las manos en los hombros y comenzó a masajeárselos. Apoyó la cabeza contra su frente.

—Estás intentando alterarme, Catie, pero no funcionará. He venido aquí a ocuparme de los asuntos de mi abuela y es lo que voy a hacer.

—A tu manera.

—Es la única manera, o al menos la única que tiene sentido.

Su aliento era cálido contra su rostro. El masculino aroma de su piel le llenó los pulmones y se quedó estampado en cada célula de su cuerpo. Brody no era un hombre fácil de olvidar. Se dejó caer sobre él mientras culpaba de su debilidad a las intempestivas horas y a su profunda angustia.

—No te ayudaré a manipularla, Brody. No lo pienso hacer.

—Supongo que lo puedo entender, pero al menos prométeme que no pondrás obstáculos deliberadamente. Duncan y yo queremos a la abuela. Cuidaremos de ella, Cate.

Ella asintió con los ojos llenos de lágrimas. ¿Eran las hormonas las que la habían puesto sensible o el hecho de que hubiese sucedido algo milagroso? Brody y ella habían creado un bebé. La gente lo hacía a diario en todas partes, pero esas cifras no minimizaban el asombro que sentía.

Con sus pechos rozando los duros contornos del torso de Brody y su apenas perceptible barriguita de embarazada apoyada en él, sintió una increíble mezcla de esperanza y desesperación. Lo que quería de Brody era algo propio de un cuento de hadas: el gallardo pretendiente y el final feliz.

Se obligó a apartarse.

—Tengo que volver a la cama. Por favor, márchate.

Brody le rodeó las mejillas con sus grandes y callosas manos. Tantos años manejando cuerdas y velas le habían endurecido el cuerpo. Incluso sin el patrimonio de Isobel, su flota de barcos lo había convertido en un hombre rico y su abuela había presumido de ello muy a menudo.

Su atlético cuerpo se estremeció y su excitación fue más que evidente.

—Si tuviera que estar con alguien, serías tú, Cate. Pero nunca me he planteado formar un hogar.

—Te agradezco tu sinceridad.

Brody la besó. Fue un beso largo y profundo. Un beso de despedida, agridulce, dolorosamente carente de esperanza. La clase de beso que comparten unos amantes en el muelle cuando se sabe que el protagonista de la película nunca va a volver.

Cate entrelazó las manos alrededor de su cuello y se aferró a él. Si eso era lo último que tendría de Brody, necesitaba un recuerdo en el que poder apoyarse. Podía ser madre soltera. Muchas mujeres lo eran. No quería ser una obligación para ningún hombre.

Por un instante la situación estuvo a punto de cambiar. Brody estaba excitado y preparado. Deslizaba las manos sin cesar por su espalda y sus nalgas y la acercaba a su cuerpo, pero ella debía mantenerse firme. Siempre había sido una mujer que jugaba sin transgredir las normas. Solo las había roto dos veces en su vida y había tenido que pagar un precio muy alto.

Cuando apenas le quedaban fuerzas, lo soltó y esquivó sus anhelantes manos.

—Vete. Vete, Brody.

Y él se fue.

Capítulo Cuatro

Brody pasó la semana siguiente trabajando tanto que cada noche, al meterse en la cama, caía inconsciente del agotamiento. Tantos meses de abandono habían dejado la espectacular casa de Isobel sumida en una multitud de problemas que Duncan y él fueron resolviendo con meticulosidad: tejas rotas por una tormenta, madera podrida bajo una cornisa, canalones atascados por hojas...

Isobel era una mujer rica y podrían haber contratado a una cuadrilla para repararlo todo, pero los dos nietos estaban pagando penitencia en silencio por no haber ido antes a ver a su abuela ni haber pasado más tiempo con ella.

La intensidad de su sentimiento de culpa le hizo darse cuenta de que volver a Escocia sin ella sería inaceptable. Dijera lo que dijera Cate, Candlewick ya no era el hogar de Isobel. Sin su adorado esposo allí, estaría mucho mejor al otro lado del océano con sus dos nietos entregados y rodeada de algunas de las personas con las que vivió su juventud.

Al octavo día, un servicio de limpieza profesional entró en la casa para devolverle su antigua gloria mientras los dos hermanos ayudaban a Isobel a embalar todo lo que se había llevado al trasladarse al apartamento.

—Ya sabes que esto es solo temporal, abuela —le dijo

Brody cuando Duncan bajó unas cajas al coche–. Solo serán unas noches para que te despidas de la casa. Esta mañana he contactado con un agente inmobiliario.

Isobel Stewart apretó los labios y se puso recta. Sus ojos oscuros se iluminaron con desagrado.

–Te quiero muchísimo, Brody, pero eres un burro cabezota, igual que tu padre y tu abuelo. Soy vieja, lo sé, pero mi edad no os da derecho a decidir por mí.

–Duncan y yo hemos paralizado nuestras vidas y lo hemos hecho encantados porque nos importas.

–Agradezco vuestra preocupación, de verdad que sí, mi niño, pero estáis cometiendo un error y no estáis siendo justos. Voy a volver a mi preciosa casa, gracias a vosotros, pero no voy a volver a Escocia. Mi querido Geoffrey está enterrado en Candlewick y todo lo que hemos construido juntos está aquí, en las montañas. No puedo dejarlo atrás. No lo haré.

–Es peligroso que vivas sola.

–La vida es peligrosa, pero yo tomo mis propias decisiones.

Brody se arrodilló a su lado y la miró.

–Por favor, abuela. Hazlo por mí. Vuelve a Escocia.

Isobel sacudió la cabeza lentamente.

–No. Llevo lejos de Escocia demasiado tiempo. Candlewick es mi hogar. Tu abuelo y yo construimos algo importante aquí, un legado. Pasamos muchos días, meses y años creando muchos recuerdos que son todo lo que me queda de él. No obstante, podría ceder a una solución intermedia. Podría pedirle a Cate que se venga a vivir conmigo y le ofrecería un módico salario por acompañarme. Tal como está la economía, mantener una librería a flote es todo un reto. Seguro que le vendrá bien un dinero extra. Esa chica se mata a trabajar.

Brody enfureció por dentro.

—Si tiene problemas económicos, debería ayudarla su familia. ¿Por qué te necesita?

—Estás siendo un grosero. Díselo, Duncan.

El hermano pequeño de Brody acababa de entrar por la puerta.

—Te quiero, abuela, pero en esto tengo que darle la razón a Brody. No queremos dejarte aquí sola y no podemos quedarnos mucho tiempo más.

—Cate no tiene familia. No me gusta hablar de sus secretos, pero no me habéis dado mucha elección. Su padres murieron en un accidente.

—¿Qué sabes de ellos? —preguntó Brody.

—Eran profesores y la tuvieron siendo algo mayores. Fue un… accidente, y tengo la sensación de que no eran gente muy cariñosa.

—¿Cómo terminó ella en Candlewick?

—Si lo quieres saber, pregúntaselo a Cate. Es una mujer muy reservada, pero confío en ella.

Duncan asintió.

—Resultas muy convincente. Me gusta Cate. En realidad, no es una idea tan terrible.

Brody miró a su hermano.

—Creía que estabas de mi parte, traidor.

Duncan abrazó a su abuela por detrás y apoyó la barbilla sobre su cabeza canosa.

—No es una guerra, Brody. Os quiero a los dos, así que no me hagáis elegir. Ya no sé qué es lo correcto.

Isobel le dio una palmadita en las manos y miró a Brody con sonrisa de satisfacción.

—Pues supongo que uno de los dos tiene que llamar a ese cocinero para ver si nos puede ofrecer otra maravillosa cena esta noche. Invitaremos a Cate y cuando la hayamos ofrecido bien de vino y comida, le pediré que considere mi propuesta.

Esta vez Cate subió la montaña sola. Al parecer, los nietos de la señora Izzy la habían convencido para que abandonara el apartamento, y aunque aplaudía su valentía, se le hacía duro imaginar a la diminuta Isobel durmiendo sola en una casa de casi seiscientos metros cuadrados.

Además, le aterraba la idea de volver a ver a Brody. Demasiadas emociones. Culpabilidad. Anhelo. La esperanza de un milagro.

Una hora antes había estado a punto de cancelar porque, de pronto, de un día para otro, ya no le valía la ropa. Las cinturillas de todos sus vaqueros se negaban a abrocharse e incluso sus camisas y sujetadores le oprimían sus florecientes pechos. Finalmente encontró en el fondo del armario un vestido suelto de manga larga con un moderno estampado geométrico y se lo puso.

Solo la mirada más aguda se daría cuenta de su barriga de embarazada. Después de ponerse unos zapatos de tacón bajo y preparar un jersey por si hacía frío en la casa, centró su atención en el pelo. Su primer impulso fue recogérselo como siempre, pero algo le dijo que Brody lo vería como si lo estuviera desafiando; habían discutido sobre el tema a menudo. A Cate le gustaba llevar el pelo arreglado y bajo control y Brody decía que era un pecado ocultarle esa maravilla al mundo.

A pesar de la situación actual, cuando recordaba su flirteo, no podía evitar sonreír. Sentir las manos de Brody en su pelo la había seducido tanto como sus besos. Él la acariciaba con delicadeza pero seguridad, sabiendo perfectamente que cualquier protesta que ella lanzara estaba condenada al fracaso. Y cuando habían yacido desnudos en la cama, había jugado con su pelo sin cesar. Incluso ahora, mientras Cate se cepillaba esa larga y densa melena, sentía un escalofrío recorriéndole la espalda. La mayoría de los días su pelo era como una carga, pero cuando estaba con Brody, él le hacía creer que era un rasgo gloriosamente femenino y sexi.

Pero ¿qué hacía? ¡No era momento de pensar en Brody! Se llevó una mano a la tripa. ¿No debería poder notar ya al bebé? ¿Todas las futuras madres se sentían tan nerviosas e inseguras?

Necesitaba desesperadamente tener a alguien con quien hablar sobre su embarazo, pero por elección propia, en Candlewick no tenía amigas lo suficientemente íntimas. Cinco años atrás se había sentido demasiado herida y desconfiada como para cultivar relaciones estrechas con otras mujeres de su edad y se había ganado la reputación de mujer solitaria.

Al mirarse al espejo notó que tenía las mejillas encendidas y la mirada espantada. Si no controlaba sus emociones, Brody, Duncan y la señora Izzy iban a sospechar que pasaba algo.

Veinte minutos más tarde estaba aparcando delante de la casa de Isobel y fue Duncan quien la recibió en la puerta. ¿Sería un desaire deliberado por parte de Brody para demostrarle que había hablado en serio al decir que no quería retomar las cosas donde las habían dejado?

Pero la realidad era distinta: Brody y su abuela estaban jugando una partida de ajedrez en el salón.

Cuando ella entró en la sala, él levantó la mirada y se desconcertó. Isobel esbozó una sonrisa de satisfacción.

–Mate.

–Bien hecho, abuela –respondió Brody distraídamente antes de levantarse y besarle la mano a Cate–. Estás impresionante. Y si puedes perdonarle a este escocés el uso de la hipérbole, te diré que incluso resplandeces.

–Gracias –respondió ella apartándose. No podía soportar estar tan cerca de él.

Los hermanos Stewart llevaban unos trajes sastre con camisas blancas impecables. La corbata de Duncan era azul y la de Brody, roja. Cualquiera de los dos podría ser portada de la revista *GQ*, pero era Brody, con su intensa mirada, el que hacía que le temblaran las rodillas.

–Bueno, ¿a qué se debe la invitación? ¿Otro cumpleaños? La señora Izzy estaba muy misteriosa antes cuando me ha llamado.

–Tenemos una propuesta que hacerte –dijo Duncan sonriendo.

–¿Y de qué trata esa misteriosa propuesta?

Isobel se abrió paso a codazos entre sus dos fornidos nietos y se agarró del brazo de Cate.

–Hablaremos de ello durante la cena, querida. Nuestro cocinero es increíble, pero tiene mucho genio. Será mejor que no lo hagamos esperar.

Cuarenta y cinco minutos después, y habiendo dejado ya atrás la sopa y la ensalada, Cate seguía sin saber el motivo de la invitación. Lo que había comido, a pesar de ser alta cocina, le había cargado el estómago y, además, los Stewart decidieron que era un buen momento para hablar de un plato escocés, el *haggis*.

–Lo comí de joven, pero ahora no estaría tan dispuesta a probarlo –dijo Izzy.

–¿Y tú, Cate? –le preguntó Duncan–. ¿Te animarías a probar nuestra exquisitez autóctona?

«Por favor, que estén de broma. Espero que el cocinero norteamericano no vaya por ahí». Contuvo una arcada.

–He oído hablar de ese plato, pero sinceramente, no estoy del todo segura de lo que es.

–No creo que a Cate pudiera gustarle mucho –dijo Brody mirándola.

–¿Y tú cómo sabes lo que me gusta? –le contestó con brusquedad.

–¿El corazón, los pulmones y el hígado de una oveja troceados y mezclados con cebolla, harina de avena y toda clase de ingredientes, y cocidos en el estómago de la oveja? ¿En serio, Cate?

La bilis le subió a la garganta. Tenía el estómago muy revuelto.

–Ah, bueno, entonces supongo que no. Suena asqueroso.

Duncan se compadeció de ella y cambió de tema, lo cual le dio unos minutos para respirar y recomponerse. Y mientras esperaban al plato principal, Isobel por fin habló.

–Bueno, mi niña, esto es lo que pasa: los chicos

quieren que venda todo y vuelva a Escocia y yo les he hecho saber que de ningún modo voy a hacerlo. Les he propuesto algo y al menos a uno de los dos le parece bien.

—¿Y de qué se trata?

—Me gustaría que te plantearas mudarte aquí conmigo y cobrar por hacerme compañía. Por supuesto, no te apartaría de la librería. Tu maravillosa tienda forma parte del encanto de Candlewick. Pero mis nietos se sentirían mejor sabiendo que hay alguien que está cuidando de mí oficialmente.

—Eso ya lo hago de todos modos. Me preocupo por usted y la ayudo, señora Izzy. Y me alegra la propuesta de mudarme aquí a la montaña con usted, pero no por dinero. No lo aceptaré.

—Intenta no complicar las cosas, Cate. La abuela no es una obra benéfica. Puede permitirse pagar a alguien que la ayude en casa.

Cate solía tener una actitud calmada, pero el tono condescendiente de Brody la alteró.

—Isobel es mi amiga y creo que esto es algo que podemos hablar las dos solas. Aunque tal vez Duncan y tú pensáis que conmigo la casa estaría demasiado llena.

—Oh, no —dijo Izzy—. Los chicos se marchan.

—¿Se marchan? —le dio un vuelco el estómago—. ¿Cuándo?

Duncan retomó la conversación ya que su hermano estaba sentado en silencio, con gesto serio y los brazos cruzados.

—No tenemos los billetes cerrados, pero probablemente nos marchemos en un par de días. La abuela ha tomado una decisión, y ya que ahora no tenemos que ocuparnos de asuntos inmobiliarios, nos iremos a casa y volveremos de visita en verano.

Cate sentía la piel fría y húmeda, aunque por dentro tenía mucho calor, como si tuviera fiebre. Brody se marchaba. ¿Qué iba a hacer ella ahora? Tenía que contárselo. ¿O no?

–Disculpadme. Ahora mismo vuelvo –estaba desesperada por llegar al baño antes de romper a llorar.

La humillación, la rabia y una profunda angustia se apoderaron de ella. Nunca en su sorprendente embarazo se había encontrado tan mal y ahora, en el peor momento posible, iba a vomitar.

Al tomar impulso para levantarse, la silla se tambaleó. Se agarró al respaldo con una mano y a la mesa con la otra.

–Lo siento –susurró–. No me encuentro bien.

Dio un paso hacia el pasillo, pero le fallaron las piernas. Oyó un trío de gritos y después todo se volvió negro.

Capítulo Cinco

Brody se lanzó al suelo horrorizado, pero llegó demasiado tarde y Cate se desplomó. Por desgracia, estaba demasiado cerca del aparador y se golpeó la cabeza al caer. Un corte atravesaba su pálida frente.

–¡Joder! –exclamó él arrodillado a su lado y con el corazón acelerado de pánico–. ¡Trae hielo, Duncan!

Isobel se sentó como pudo en el suelo, al lado de Cate. La anciana tenía artritis avanzada en todas las articulaciones, pero aun así estuvo a su lado, le agarró una mano y se la acarició sin cesar. Tenía los ojos llenos de lágrimas.

–Cate. Cate, cariño. Abre los ojos.

Cate estaba pálida y no respondía. Al verla así, Brody saboreó el verdadero miedo.

Duncan llegó corriendo, sin aliento y nervioso.

–¿Qué le pasa? –llevaba una bolsa de hielo envuelta en un paño de algodón.

–¡Y yo qué sé! Pero no puedo dejarla en el suelo. Sujétale el hielo contra la cabeza mientras la muevo –con cuidado, Brody la levantó en brazos. Era esbelta, pero alta, así que le costó levantar su peso muerto. Su precioso cabello rubio le caía por el brazo como una cascada. Sentir el aroma de su champú y su femenino cuerpo en sus brazos fue como un castigo.

Desde la visita que le había hecho en la librería

cuatro noches atrás, se había estado replanteando su actitud millones de veces. Decidir no continuar con su relación física le parecía la elección más madura y razonable, pero sabía que había subestimado demasiado lo duro que le resultaría mantenerse alejado de ella ahora que estaban allí, viviendo en el mismo pueblo. Recorrió el pasillo con solo un destino en mente. Entró en su dormitorio y le indicó a Duncan que apartara la colcha. Después, tendió su precioso cuerpo en la cama.

—¿Por qué no se despierta? —preguntó Isobel preocupada.

—No tiene buen aspecto —apuntó Duncan dándole voz a los pensamientos de Brody.

Brody se sentó y le frotó las manos mientras Duncan sujetaba la bolsa de hielo contra su sien. Isobel se dejó caer en un sillón; de pronto aparentaba cada uno de los noventa y dos años que tenía.

Por fin, al cabo de unos minutos que parecieron una eternidad, Cate abrió los ojos.

—¿Qué ha pasado?

Brody le apartó un mechón de la mejilla.

—Te has desmayado.

—Lo siento. No pretendía asustaros.

—¿Es posible que estés incubando una gripe? Ayer oí por el pueblo que en el centro médico están desbordados con nuevos casos.

—Si es así —dijo Brody—, entonces no deberías estar cerca de la abuela. La gripe puede ser mortal para alguien de su edad.

Duncan intervino en un claro intento de aplacar el inconsciente y duro comentario de su hermano.

—No saquemos conclusiones precipitadas —dijo sonriendo a Cate con dulzura–. ¿Tienes fiebre o sientes náuseas?

–Sí.

–Deberíamos llamar al médico –señaló Brody.

Cate intentó incorporarse a pesar de las protestas de los tres. Apoyó la cabeza contra el cabecero y se apartó el pelo de la cara. En la enorme cama de Brody se sentía pequeña, perdida e indefensa.

–No tengo la gripe. Estoy embarazada.

Duncan soltó un silbido largo y lento.

Brody se levantó de la cama maldiciendo.

–¡Eso no tiene gracia!

Isobel se rio a carcajadas.

Cate alzó la barbilla, con los ojos vidriosos por las lágrimas contenidas.

–¿Crees que me parece gracioso? –se giró hacia Isobel, que en lugar de estar impactada, estaba tranquilamente sentada con gesto de satisfacción–. Aun así, puedo seguir cuidando de usted, señora Izzy. Al menos hasta que llegue el bebé. No se preocupe por nada.

–¿De quién es? –preguntó Brody mientras sentía cómo su mundo se derrumbaba.

Isobel se levantó con brusquedad y le golpeó en el hombro.

–Brody Stewart, discúlpate ahora mismo.

–La abuela tiene razón –dijo Duncan.

Brody tragó saliva con dificultad. ¿Los hombres se desmayaban? Porque él sentía que estaba a punto de hacerlo.

–¿Por qué no volvéis a la mesa y seguís comiendo antes de que al cocinero le dé un infarto? Cate y yo nos quedaremos aquí hablando.

Cate salió de la cama.

–¡No, no! No me pienso quedar aquí contigo –lo fulminó con la mirada, pero en cuanto intentó mantenerse en pie, se tambaleó. En esa ocasión Duncan la agarró a tiempo y la ayudó a volver a la cama.

–Lo siento. Marchaos. Cate y yo estaremos bien.

Cuando Duncan e Isobel salieron del dormitorio y cerraron la puerta, la habitación se quedó en silencio. Brody sabía que debía adoptar un tono conciliador, pero lo único que sentía era rabia y dolor.

–¿Cuándo me lo ibas a contar? –gritó incapaz de contenerse.

Cate se apoyó en el cabecero y se rodeó con los brazos fuertemente.

–Estaba en ello. Si no me crees, puedes mirar en mi portátil. La carta tiene fecha y hora. Empecé a escribirla hace dos semanas, justo después de enterarme. Estabas a un océano de distancia. No era fácil.

–¿De cuánto estás? –no pretendió que la pregunta resultara acusatoria, pero a juzgar por la expresión de Cate, ella se la tomó así.

–De cuatro meses más o menos.

–Usamos protección.

–No aquella vez, en mitad de la noche.

Él palideció y de pronto recordó cada detalle. Se había despertado excitado y lleno de deseo porque incluso mientras dormía la había buscado. Cate había sido como una droga para él.

–¿Es posible que otro sea el padre? –no pudo evitar lanzar la espantosa pregunta.

Los ojos verdes de Cate se llenaron de lágrimas.

–¡Claro que no, estúpido y bruto escocés! Si no estuviera a punto de vomitar en tu carísima alfombra oriental ahora mismo, saldría de esta cama y te daría una patada en el estómago. ¿De verdad crees que encontré a alguien tan deprisa cuando te fuiste? Fuiste el primer hombre con el que me había acostado en cinco años y todo pasó por casualidad. Yo no iba buscando sexo –a pesar de haber estado conteniéndolo, al final se le escapó un sollozo.

¿Por qué estaba siendo tan cretino? Tal vez porque nunca en su vida se había sentido tan asustado, confundido y culpable. Y avergonzado. Arrepentido y lleno de remordimientos por no haber estado con ella durante esas traumáticas semanas.

–¿Has estado encontrándote mal desde el principio? –no sabía qué hacer.

–No. Todo esto es nuevo.

Él se pasó las manos por el pelo, intentando asimilar el hecho de que iba a ser padre.

–Mantendré al niño.

Los ojos color esmeralda de Cate se oscurecieron.

–No te molestes con discursos, Brody. La única razón por la que iba a decirte lo del bebé era para acallar mi conciencia. Vivo bien y tengo los ahorros de mis padres. Ni quiero ni espero nada de ti. Eres libre de volver a Escocia. Y cuanto antes, mejor. Isobel no te necesita y yo tampoco.

La furia lo invadió, pero al mirar a Cate y verla tan derrotada en su cama, se obligó a tragarse las palabras de rabia que le quería lanzar. Llevaba a su hijo dentro y parecía abatida y vulnerable.

–Está claro que hay algunas decisiones que tomar, aunque este no es el momento. Sé que no te encuentras bien, pero tienes que comer. Vamos al comedor.

–¡Ve tú! Yo me quedo aquí descansando.

–Se nota que estás mejor, vuelves a tener color en las mejillas. No me discutas con esto, Cate. Solo empeorarás las cosas.

Ignorando sus protestas, la besó en la frente y la levantó.

–Tanto discutir te va a dejar agotada. Tómate un descanso esta noche. Mañana saldrá el sol y te sentirás mejor, te lo juro. Los dos estaremos mejor.

Ella llevaba la cabeza apoyada en su hombro y su cálido aliento le rozó el cuello cuando dijo:

–Te odio, Brody.

–Lo sé, Cate. Lo sé –respondió con un suspiro de arrepentimiento.

Una hora después Brody estaba en la puerta principal viendo cómo los faros del coche de Cate desaparecían por la colina. Habían discutido acaloradamente sobre si debía o no volver sola al pueblo conduciendo y solo cuando la valiente y preciosa Cate rompió en llanto, decidió dar un paso atrás y ceder. Le pareció una eternidad, hasta que por fin recibió el mensaje con el que lo avisaba de que había llegado bien a casa.

El cocinero se había marchado hacía tiempo y las encimeras estaban inmaculadas. Merodeó por la cocina a oscuras y buscó en la nevera una porción de la tarta de lima que antes no había podido comer por sentirse demasiado angustiado.

Aunque era tarde, no tenía nada de sueño y la adrenalina le palpitaba por las venas. Pegó un brinco cuando Duncan apareció en la penumbra.

–¿Qué vas a hacer?

Así era Duncan. Directo al grano.

–No tengo ni idea. ¿Qué harías tú en mi lugar?

–Cate es una mujer inteligente, preciosa y fascinante.

–No te hagas ilusiones, hermanito.

–Si no la quieres para ti, ¿por qué no iba a poder encontrar otro tipo que la sepa valorar?

–Yo nunca he dicho que no la quiera para mí.

–¡Oh, venga, Brody! Te conozco muy bien. Nunca sales con una mujer lo suficiente como para que se haga ilusiones con el matrimonio. Es como si lo llevaras tatuado en la frente: «Brody Stewart no se compromete».

Era cierto y, en realidad, Brody le había dado a Cate una versión de ese mismo discurso.

–¿Crees que existe alguna posibilidad de que se quedara embarazada a propósito? ¿Para obligarte a estar con ella?

–No. Ninguna posibilidad. Fue culpa mía –había cometido un error. Un erótico y ardiente error. Aquella noche insoportablemente sensual había sido el reflejo de la aventura de dos semanas que no podía olvidar y ahora habría un recordatorio mucho más tangible de su impulsiva actitud.

El pánico lo volvió a invadir y le encogió el pecho.

–No sé qué hacer, Duncan. Te juro por Dios que no lo sé.

Duncan sacó una cerveza de la nevera.

–¿Qué quieres hacer?

–Quiero rebobinar mi vida y volver a la semana pasada.

–Eso no es una opción, hermano.

–No me estás ayudando.

–Míralo así. Los dos estábamos pensando en volver a casa en unos días. Ahora podrás quedarte y asegurarte de que la abuela está bien.

–¡No me quiero quedar! –gritó Brody, aunque bajó el tono al instante para no despertar a su abuela.

–Pues entonces vuelve a Escocia conmigo. Seguro que Cate se las puede arreglar sin ti.

Oír esas crudas opciones expuestas de ese modo hizo que se le helara la sangre.

–A veces me gustaría darte una paliza como cuando éramos adolescentes –murmuró.

–Te falla la memoria. Gané al menos la mitad de esas peleas. Acéptalo, Brody. No eres el primer tipo que se ve en esta situación ni serás el último, pero la abuela complica las cosas. No te dejará evadirte de tus responsabilidades.

–Agradezco el buen concepto que tienes de mí.

Duncan se encogió de hombros.

–Vives en otro continente. Cate se las arreglará bien sola. Yo lo entendería perfectamente si le abrieras un fondo fiduciario y dejaras las cosas como están. ¿Acaso te gustan los niños?

–¿Y cómo voy a saberlo? Supongo que podría aprender.

–Creo que aquí la gran pregunta es si Cate Everett significa para ti algo más que un revolcón –bostezó–. Tengo que dormir un poco –dijo tirando la botella vacía en el cubo de reciclaje–. Haré lo que pueda por ayudarte, Brody, pero el primer paso lo tienes que dar tú.

Capítulo Seis

Cate había caído presa de las náuseas y los vómitos del embarazo. La mañana siguiente a la desastrosa cena, abrió tarde la tienda porque se pasó una hora tirada sobre el lavabo del diminuto baño de su apartamento. Por suerte, los turistas no le aporreaban la puerta a finales de febrero y la mayoría de la gente del pueblo estaba ocupada con sus propios asuntos.

Para cuando bajó a media mañana, ya habían pasado las peores náuseas y pudo estar un rato acurrucada junto al fuego con una taza de té, pensando. El futuro se expandía ante ella como un lienzo en blanco aterrador.

¿Instalaría una habitación para el bebé en casa de la señora Izzy? Era mucho pedir que una mujer de la edad de Isobel recibiera de buen grado la estancia del bebé con los inconvenientes que podría acarrear. ¿Y qué pasaba con la tienda? ¿Tendría que buscar un encargado? ¿Podría tomarse la baja de maternidad?

De pronto, una sorprendente calma la envolvió y arrulló. Tenía una mano apoyada en el vientre. Ese embarazo era real, pero por lo demás no se sentía distinta.

Solo cuando pensaba en Brody Stewart la invadía el dolor. No podía imaginar un hombre con menos ganas de ser padre que él. Había reaccionado a la noticia con impacto, consternación e incluso furia. Se estremeció por dentro al recordar su rostro, aunque no podía culparlo. Era una situación inaudita para los dos.

A decir verdad, probablemente era mejor que viviera a un océano de distancia. Así no se producirían encuentros incómodos en la calle y no tendría que tener en cuenta su opinión cuando estuviera decidiendo qué cuna comprar, cuándo introducirle al bebé las comidas sólidas y cuándo llevarlo a la guardería.

Ni necesitaba ni quería que Brody se tomara la paternidad como una obligación. Estaba sola en eso... para siempre.

Al menos tenía cinco meses más para hacerse a la idea. El bebé nacería en julio. Bien. Así no tendría que preocuparse ni por tormentas de nieve ni por virus invernales. Podría darle largos paseos en el carrito y aprovechar para recuperar la forma después del embarazo.

Quería sentirse entusiasmada, eufórica y emocionada con la situación, y lo estaría en cuanto se le pasaran las náuseas y dejara de estar cansada y abrumada.

Se había quedado dormida en el sillón cuando sonó la campanilla de la puerta. Con un bostezo, se levantó y se estiró.

–Voy –dijo. Por la razón que fuera, ver a Brody junto al mostrador la sorprendió–. ¿Qué estás haciendo aquí?

–Tenemos decisiones que tomar.

–No. No tenemos nada que decidir. Es mi bebé. Lo único que te debía era la cortesía de darte la información, pero ahora que eso está solucionado, quedas libre. Vuelve a casa con tu hermano.

–Creo que deberíamos casarnos.

–No. No vayas por ahí, Brody. No tienes nada de qué preocuparte. Yo me encargo de esto. Tus barcos te necesitan.

–Los dos disfrutamos juntos en la cama.

El descaro de esas palabras la enfureció y al mismo tiempo hizo que le flaquearan las piernas. ¡Sí! ¡Y tanto que disfrutaban! ¿Pero y qué? Eso no bastaba para cimentar un matrimonio.

–¿Y con eso qué quieres decir?

–Muchas parejas parten de mucho menos.

–Estoy segura de que hace cien años había casamientos a la fuerza por toda Carolina del Norte, pero gracias a Dios eso forma parte del pasado. Nadie se escandalizará si tengo este bebé sola. En serio, Brody. No me debes nada en absoluto.

–Estás embarazada de mi bebé.

–Pero no quieres ser padre, ¿verdad? Sé sincero. Ni siquiera quieres casarte. ¿Por qué vamos a obligarnos a vivir una farsa que solo nos traerá dolor?

Su penetrante mirada hizo que los pezones se le tensaran contra la suave tela del sujetador. Nunca había conocido a un hombre tan rotundamente masculino como Brody Stewart y no le resultaba difícil imaginarlo en otra época como un fiero jefe dirigiendo a su clan.

–No puedo rebatirte ese argumento después de haberte dejado tan claro que no quería ser padre de familia, pero las circunstancias han cambiado, Cate.

–No para ti. No quiero suponerte una obligación moral, Brody.

–¿Tan terrible sería casarte conmigo?

En sus profundos ojos azules vio una pizca de esa confusión y ese nerviosismo que ella había arrastrado desde el día en que el bebé se había hecho una realidad. La idea de ser la esposa de Brody Stewart era una fantasía que había contemplado brevemente durante el otoño, ya que la intensidad de su explosiva atracción le había hecho plantearse la posibilidad de que fuera el hombre de su vida.

Por suerte, de pronto a la tienda llegaron varios entusiastas de la lectura eliminando la posibilidad de seguir con la conversación.

Brody apretó los labios con gesto de frustración, pero esperó más o menos pacientemente mientras ella saludaba a sus clientes. Después la agarró del brazo y la acercó.

—Esta noche te llevo a cenar. En Claremont. Hablaremos.

Claremont era el pueblo contiguo. Más grande, más cosmopolita, y con montones de restaurantes encantadores.

—No cambiará nada.

Él la rodeó por la cintura y la acercó más a sí. La besó.

—Ponte algo bonito. Te recojo a las seis.

El día fue soleado con un toque de calidez primaveral. Las horas pasaron muy lentamente, pero por fin Cate pudo colgar el cartel de «Cerrado» en el escaparate.

Arriba vaciló sobre qué ponerse. Brody la había llevado a comer a Claremont en varias ocasiones durante el otoño y, si volvía a elegir su lugar favorito, tendría que vestirse adecuadamente.

La única prenda de vestir que le valía ahora mismo era un vestido rojo con los hombros al aire cuyo escote quedaba bien relleno con sus nuevos y florecientes pechos. Si lo conjuntaba con un chal de lana negro no solo evitaría pasar frío sino que además le daría un toque respetable al atuendo que le quedaba por encima de las rodillas. No quería lanzarle a Brody ningún mensaje equivocado.

El escocés era puntual. Era una de las muchas cosas que le gustaban de él. Eso y cómo encandilaba a todo el mundo, desde desconocidos por la calle a dependientes y camareros. Su cabello color whisky, su masculinidad de anchos hombros y su irresistible acento eran un trío de cualidades con las que se ganaba a cualquiera con quien se topase.

Mientras la ayudaba a entrar en el coche, ella se dijo que no se dejaría deslumbrar por algo tan trivial como el atractivo sexual. Sí, tenía una sonrisa maravillosa y olía como un fresco bosque alpino, pero con eso no bastaba. Iba a ser madre y tenía que tomar decisiones maduras.

Brody, tal vez percibiendo su renuencia, tuvo un comportamiento impecable. Durante el trayecto hablaron de películas y de libros y de la determinación de Isobel de quedarse en su casa.

—Me cuesta creer que una anciana tan menuda pueda plantarles cara a un par de fornidos escoceses.

—No podemos echárnosla al hombro y meterla en un avión. La abuela ha tomado una decisión. A la familia nos complica las cosas, pero la queremos. Nuestro padre fue un ingenuo al pensar que Duncan y yo podríamos convencerla. Ninguno fuimos conscientes de cuánto adora Carolina del Norte. Ahora que el abuelo no está, pensé que Candlewick guardaría demasiados recuerdos dolorosos.

–Creo que son los recuerdos los que la mantienen en pie.

–Eso parece.

Cuando llegaron al restaurante, la conversación seria quedó relegada por el momento. El dueño del restaurante, ataviado con un esmoquin, los recordaba.

–Nos honra tener a una mujer tan hermosa embelleciendo nuestro humilde restaurante.

El humilde restaurante tenía tres estrellas Michelin y una amplia bodega, así que Cate se tomó el efusivo recibimiento con ciertas reservas.

–Es un placer volver –dijo.

Brody esbozó una media sonrisa.

El hombre los sentó en una mesa en una esquina junto a una amplia ventana con vistas al pintoresco estanque. Los jardines, aunque aún ataviados con apagados tonos invernales, resplandecían con las diminutas luces que colgaban de las ramas de los árboles.

La última vez que habían estado allí, habían ido a pasear después de cenar. Él la había llevado hacia las sombras y la había besado con desesperación. Habían estado tan hambrientos el uno del otro que el trayecto de vuelta a Candlewick se les había hecho eterno.

–¿Qué pasa? –le preguntó él después de que hubieran pedido la comida–. Pensé que este sitio era de tus favoritos.

–Y lo era. Lo es. Pero, si no recuerdo mal, aquí estuvimos antes de irnos a mi casa y… hacer un bebé.

A Brody le cambió la cara.

–Joder, lo siento.

–No importa.

Llegaron los entrantes, interrumpiendo el incómodo momento, y el estómago de Cate cooperó lo suficiente para permitirle comer salmón a la brasa y calabaza salteada. Brody tomó un bistec y patata asada, pero se mantuvo con gesto serio mientras comían.

Finalmente, cuando la cena terminó, Cate soltó el tenedor, se tapó más con el chal y respiró hondo.

–Brody, cuando me case, si es que alguna vez lo hago, quiero que sea con un hombre que me quiera y quiera estar siempre conmigo. Tú no eres ese hombre.

Eso no se lo podía discutir. No, cuando le había dicho que no tenía ningún interés en retomar la relación donde la habían dejado.

–Las circunstancias han cambiado.

–Pero tú no has cambiado. Me merezco algo mejor que un marido y un padre a la fuerza.

–Últimamente he dicho muchas cosas. He sido un idiota –le agarró la mano y le acarició la muñeca–. Podríamos hacer que funcionara. Por el bebé.

Cate tembló por dentro. Podría enamorarse de Brody Stewart muy fácilmente. Cuando él se había marchado el pasado octubre, durante un tiempo su mundo se había apagado. Las hojas de otoño le habían parecido más apagadas y los cielos no tan vibrantes. Ni siquiera las mañanas frescas y las tardes cálidas, que solían conformar su época favorita del año, habían logrado levantarle el ánimo.

Brody había impactado en su monótona existencia con la fuerza y el calor de un meteorito y no había podido resistirse a su impetuoso encanto escocés. La había deseado y ella lo había deseado a él. Se habían regodeado en su mutua e intensa atracción.

Y tras su marcha, las realidades físicas de un invierno más crudo de lo habitual en Carolina del Norte habían sido un reflejo de la pérdida que le llenaba el alma.

Haber tenido a Brody, aunque hubiera sido brevemente, y después haberlo perdido, le había dolido. Mucho. ¿Por qué iba a permitirse volver a ser tan vulnerable?

Apartó la mano. Era peligroso que se tocaran.

—Creamos un bebé en un momento de necesidad física y no te culpo. Eres un buen hombre. Eres honrado y te preocupas por tu abuela. Si pensara que tienes algún interés a largo plazo por este niño, me aseguraría de que pudieras verlo de vez en cuando, pero no quieres cargar con esa responsabilidad emocional el resto de tu vida, ¿verdad?

—No he tenido mucho tiempo para pensarlo.

No era una respuesta. Tal vez ella debía contarle algo más de su vida que lo ayudaría a comprender la situación.

—Sé lo que es ser un hijo no deseado.

—¿Tú? —preguntó impactado.

—Sí. Pero no me refiero a que fuera huérfana, ese no era el problema. Mis padres eran profesores de universidad, sociólogos. Decidieron no tener hijos porque querían ser libres para recorrer el mundo y estudiar pueblos indígenas en lugares remotos, y sabían que no sería justo tener un hijo y marcharse dejándolo al cuidado de otra persona para que lo criara.

—¿Y eso llegó a pasar?

—Cuando mi madre tenía cuarenta y nueve años y se

acercaba a la menopausia descubrió que estaba embarazada. Sobra decir que fue impactante. Mis padres eran buenas personas y no me dieron en adopción. Pusieron fin a sus viajes y se dedicaron exclusivamente a la enseñanza. Hicieron todo lo que se supone que deben hacer los padres. Y, sí, tuve niñeras cuando era muy pequeña, pero siempre fueron buenas. Y cuando empecé a ir al jardín de infancia y al colegio, ellos empezaron a asistir a las reuniones con profesores y a participar en los programas escolares. Hacían lo que había que hacer. No habían querido tener hijos porque no eran personas a las que les gustaran los niños especialmente. En lugar de mimos, abrazos y un vínculo especial, lo que había entre nosotros era más parecido a un teatro. Ellos hicieron todo lo posible por representar los papeles que les habían asignado, pero fue un esfuerzo en vano.

–¿Cuántos años tenías cuando te diste cuenta?

–Siete, creo. Mi clase estaba preparando una función y el sábado por la mañana teníamos prueba de vestuario porque íbamos a actuar para todo el colegio el lunes siguiente. El día del ensayo había padres por todas partes riendo, charlando y sacando fotografías. La madre de mi mejor amiga llevó *cupcakes* para todos y el padre de otro niño grabó el ensayo.

–¿Y tus padres?

–Estaban sentados en unas sillas plegables al fondo en un rincón del salón de actos. Nunca hablaban con nadie y nunca se implicaban en nada. Sé que era muy pequeña, pero lo que me viene a la memoria es la mirada de malestar que tenían. Tal vez fue la primera vez que se dieron cuenta de que se habían comprometido a más de una década de ese tipo de actividades.

—Lo siento, Cate.

—No lo sientas. Con el paso de los años llegué a entender que tuve más suerte que otros. Tuve todo tipo de ventajas materiales y un lugar seguro donde dormir cada noche.

—Los niños necesitan amor.

—Sí, y eso es lo que estoy intentando decirte. Si a ti no te gustan los niños, sería mejor para todos que solucionásemos este asunto ahora.

Brody ignoró el consejo.

—¿Y el resto de tu vida?

—Fui buena estudiante y nunca les di problemas. Creo que cuando me marché a la universidad, fue un alivio para los tres. Mis padres por fin volvían a tener libertad para vivir su vida como les apetecía y yo estaba preparada para ser adulta.

—La abuela me ha dicho que tus padres murieron antes de que vinieses a Candlewick, ¿es verdad?

—Sí. A mi padre le diagnosticaron cáncer de pulmón hace seis años. Una tarde, cuando volvían en coche de una cita médica, un conductor borracho se saltó un semáforo y murieron al instante.

—Joder, Cate. Cuánto lo siento.

—Gracias. Sufrí mucho su pérdida, pero luego seguí adelante.

Brody se quedó pensativo.

—Tú y yo podríamos darle seguridad emocional a este bebé. Tengo familia para dar y tomar. Me parece que tiene todo el sentido del mundo que te cases conmigo.

—Deja de presionarme. Crees que puedes hacer que todo funcione, pero la vida no es así de sencilla. Las emociones son complicadas. Y los bebés lo son aún más…

Capítulo Siete

Brody levantó una mano para llamar al camarero. Quería pagar la cuenta y salir de ese lugar. Oír la historia de Cate le había dejado atormentado. Su familia no era mucho mejor, pero al menos sus padres habían sido cariñosos y, aunque no hubiesen sido capaces de seguir casados, ninguno de sus hijos había podido dudar nunca de que los quisiesen.

Ya en las escaleras del restaurante, la agarró del brazo.

—¿Te apetece pasear? La noche está preciosa.

Bajo sus dedos la notó tensarse, pero un momento después ella aceptó entre susurros.

Mientras bajaban las escaleras, a Cate se enganchó el chal con un clavo de un escalón y se le cayó de los brazos. Antes de poder agarrarlo, otro cliente que salía del restaurante lo recogió y se lo devolvió.

—Gracias —dijo Brody, y cuando se giró de nuevo hacia Cate, abrió los ojos de par en par. Era la primera vez que la veía sin el chal. Recordaba ese vestido rojo de antes, pero lo que no recordaba eran esas voluptuosas curvas que sobresalían del escote.

—Joder.

Cate se cruzó de brazos, a la defensiva.

—Sí, ahora tengo tetas. Vuelve a colocarte los ojos en la cara.

Él tragó saliva y le cubrió los hombros con el chal con delicadeza.

—Ya tenías unos pechos preciosos antes. Ahora simplemente hay más que admirar.

Cate se rio y él fue consciente de lo mucho que había echado de menos ese sonido.

—Vamos. El ejercicio es bueno para las embarazadas.

—¿Y tú cómo lo sabes?

—Me he descargado un manual del embarazo en el iPad. Ya voy por el capítulo tres.

Cate se detuvo en seco en mitad del camino y lo miró.

—No puedes estar hablando en serio.

—Esto es importante para mí, Catie. Puede que no sea lo que quería ni buscaba, pero es lo que tengo… lo que tenemos. Es mejor estar preparado. Tengo una responsabilidad para contigo —deslizó un dedo con mucha delicadeza junto a la herida de su frente—. Ya te has desmayado una vez y no puedo permitir que vuelva a pasar.

—Lo de anoche fue muy estresante, pero ahora estoy bien. De verdad.

—Ya veremos.

—No intente manejarme, señor Stewart. No soy uno de sus barcos.

Él se rio, le agarró la mano y entrelazó los dedos con los de ella con fuerza mientras paseaban.

—¿Te gusta el agua, Cate?

—No me disgusta.

—Me gustaría llevarte a navegar. Tengo un barco precioso llamado *Mary Guinn*. Es rápido y elegante.

No hay nada como estar en el lago con la brisa levantando el agua y el sol en la cara. Es poesía. Poesía pura —le dijo con ese acento tan encantador.

—¿Mary fue una antigua novia?

—No, pero fue la primera chica que me gustó cuando era adolescente. Era dos años mayor que yo y dulce como una cucharada de miel. Estuve toda una primavera locamente enamorado de ella.

—Debió de ser muy importante para ti, si llegaste a ponerle su nombre a un barco.

Él se detuvo y la agarró por los hombros.

—¿Estás celosa, Cate?

—Claro que no. No seas absurdo.

No había tenido intención de besarla, esa noche no; no, habiendo tanto en juego. Pero el modo en que sus ojos verdes lo miraron encendió un fuego en su interior.

—Dios, cuánto te he echado de menos.

Deslizó las manos bajo su pelo, le rodeó la cara con ellas, y la besó: desesperadamente la primera vez y deleitándose y saboreándola lentamente la segunda. Casi se había esperado que ella lo abofeteara y se fuera, pero en lugar de eso, Cate se quedó apoyada en él y abrazándolo por el cuello.

—Yo también te he echado de menos, Brody.

Y ahora, cuando el chal se volvió a caer, a ninguno de los dos les importó. A Brody le temblaban las manos. ¿Cómo había podido llegar a creer que podía mantenerse alejado de esa mujer? Incluso con un océano entre los dos, había recordado cómo sus cuerpos encajaban a la perfección. Mientras sus lenguas se enroscaban entre sí, respiraba entrecortadamente. Adoraba tenerla en sus brazos, lo reconfortaba.

–¿Crees en el destino, Catie? Los escoceses somos gente supersticiosa. Venimos de un extenso linaje de videntes y profetas. A veces la vida nos desvía hacia los caminos que estamos destinados a recorrer.

Ella se apartó un momento; tenía los labios inflamados por los besos y las mejillas encendidas. La luz de la luna la pintaba de plata.

–El sexo es sexo. No significa que seamos los protagonistas de una leyenda celta. Me gusta acostarme contigo. Me has dejado preñada. Fin de la historia.

Él le puso una mano en la boca.

–No hables así. No seas tan frívola.

Ella le mordisqueó los dedos.

–Para ser un hombre que dijo «no más sexo» de un modo muy claro estás generando una situación muy comprometida.

Cate tenía razón. Se habían alejado todo lo posible del restaurante y era muy poco probable que alguien pudiera verlos allí, en ese bosquecillo.

–Te deseo con locura. No sé en qué estaba pensando.

–¿Te acostaste con otras mujeres en tu país?

La pregunta lo dejó descolocado y Cate se llevó la mano a la boca, avergonzada.

–Olvida lo que he dicho, Brody. No es asunto mío.

Él se quedó atónito, pero no por la pregunta, sino por lo que estaba pensando: se había dicho que el negocio de los barcos lo había mantenido demasiado ocupado durante el invierno para acostarse con alguien. ¡Mentira! Lo cierto era que no se había visto tentado por ninguna de las mujeres que se habían cruzado en su camino. Ninguna había sido Cate.

–La respuesta es «no».

–¿En serio?

–En serio.

–Ven aquí, pequeña Cate. Deja que te bese otra vez.

Ella le puso una mano en el pecho, conteniéndolo.

–Mido uno ochenta. No soy pequeña en absoluto y no me dejaré convencer con el sexo. Este bebé no es asunto tuyo.

–Seré sincero. Ahora mismo lo único que me importa es tocarte –le levantó la falda del vestido hasta las caderas–. Joder, qué piel tan suave tienes –estaba perdiendo el control. Se suponía que esa noche iba a resolver el problema que había creado y ahora estaba a punto de empeorarlo todo.

–Brody… –susurró su nombre con tanto deseo que a él se le erizó el pelo de la nuca.

De pronto, algo que descubrió le achicharró el pensamiento.

–¿No llevas ropa interior? –se quitó la chaqueta del traje y se la echó por encima al notar que tenía frío.

–Es un tanga para que no se me marque el vestido.

Él enganchó la fina tira de satén con los dedos y la partió con un satisfactorio tirón.

–Ahora ya sí que no se te marca nada, cariño. De nada.

La levantó, le colocó las piernas alrededor de su cintura y la llevó contra el árbol más cercano.

–Dime que pare y lo haré –se moriría si se lo pedía, pero lo haría.

Ella le rodeó la cara con las manos.

–Quiero que dejes de hablar, Brody. Date prisa. Antes de que alguien nos encuentre aquí.

Aunque Cate no pronunció las palabras exactamente, le puso la mano en la cremallera del pantalón, así que a él le quedó muy claro lo que iba a pasar.

Y lo que pasó a continuación se desarrolló con torpeza y excitación al mismo tiempo. Los dos se movían sin aliento y apresuradamente y al final él entró en ella.

–Oh, mi Cate.

–Brody, Brody… –se aferró a él con fuerza.

A excepción de por el vestido y la camisa de él, estaban todo lo cerca que dos humanos podían estar. Él acariciaba su suave y firme trasero.

–¿Te parece raro que me excite que estés embarazada?

Cate se rio entrecortadamente.

–Creo que no. Además, no me siento embarazada. Lo único en lo que puedo pensar es en que ha pasado mucho tiempo desde la última vez que hicimos esto.

–Demasiado –ya estaba a punto de llegar al orgasmo, y eso era inaceptable.

Cuando Cate le mordisqueó el lóbulo de la oreja y le susurró con picardía al oído, se le disparó la temperatura.

–Para –le suplicó–. Estoy intentando aguantar.

Cate temblaba. Hacía demasiado frío, pero no le importaba. Brody le estaba haciendo el amor. Cuántas noches solitarias había soñado con ello. Cuántas veces se había obligado a creer que el sexo con él en realidad no había sido tan increíble. Pero ahora Brody había vuelto y ella tenía la verdad de frente. Fuera lo que fuera lo que había entre ellos, era mágico.

Su cuerpo grande y masculino irradiaba calor a pesar de la temperatura del aire. Cada vez que se movía dentro de ella, su largo y duro miembro rozaba puntos sensibles que le hacían cerrar los ojos y arquear la espalda buscando algo más. E incluso en plena euforia física, su cerebro ofrecía explicaciones molestas: probablemente Brody estaba utilizando ese momento para engatusarla y que hiciera las cosas como él quería. Probablemente pensaba que si eran amantes, ella le diría que sí a todo.

Apartó esos desagradables pensamientos. La fuerza de Brody la hacía sentirse intensamente femenina. A pesar de la educación que había recibido y de su dedicación al empoderamiento de la mujer, el hecho de que pudiera sostenerla en alto con tanta facilidad la hacía sentirse especial. Brody era un hombre protector y la mantendría a salvo si ella se lo permitía.

Él murmuró su nombre y apoyó la frente en la suya. Le temblaba el cuerpo.

—He perdido la puñetera cabeza.

Su cálido aliento con aroma a café le rozó la mejilla.

—¿Te estás quejando, Brody? —le dijo mientras lo abrazaba íntimamente con sus músculos más internos.

—No —respondió con un gemido—. Eso nunca. ¿Te hago daño? —preguntó mientras le colocaba la chaqueta.

La corteza del árbol le había arañado la cadera cuando la chaqueta se había resbalado, pero ella apenas se había percatado.

—Estoy bien.

Él metió la mano entre la unión de sus cuerpos para darle ese extra de estimulación que necesitaba para llegar a la cumbre del placer.

Estaba lista. La dulce marea de placer la invadió y la dejó sin fuerzas en sus brazos. Brody se hundió en ella una vez más y llegó al éxtasis entre un enorme suspiro entrecortado y sacudidas de su cuerpo.

De pronto, en el silencio que siguió, Cate bostezó. El embarazo estaba empezando a minarle la energía y Brody había arrasado con la poca que le quedaba esa noche.

Él se rio y con cuidado se apartó, la dejó en el suelo y la sujetó hasta que recobró el equilibrio. Había perdido un zapato, así que tuvieron que rebuscar en la oscuridad para encontrarlo. Después, se apoyó en él, repleta, agotada y, por extraño que resultara, nada preocupada por el futuro. Solo estar con él le proporcionaba una intensa sensación de paz.

Brody insistió en llevarla en brazos hasta el coche, lo cual le resultó muy dulce y la asustó al mismo tiempo. Él solo llevaba en Candlewick unos días y ella ya le estaba dejando tomar el mando. Eso no podía pasar.

De vuelta en la librería, discutieron: Brody quería pasar la noche allí, pero Cate necesitaba espacio y tiempo para pensar.

—Tú fuiste el primero en decirlo. No deberíamos retomar lo que dejamos en octubre. Tienes que ayudar a tu abuela y yo ahora también tengo responsabilidades.

—¿Y entonces lo que ha pasado en el restaurante? ¿O en el bosque, para ser exactos?

Cate se encogió de hombros y se le saltaron las lágrimas.

—Hemos perdido la cabeza. Ha sido agradable volver a estar juntos, pero a lo mejor estabas intentando engatusarme para que me ponga de tu lado.

–No te he hecho el amor para ganar puntos, Cate. No había planeado que sucediera, pero tampoco me arrepiento.

–No te estoy pidiendo una disculpa.

–¿Entonces qué quieres de mí?

–Mi vida está cambiando lo quiera o no. Me mudaré a casa de tu abuela y me quedaré con ella. Duncan y tú podéis volver a casa tranquilos.

–¿Y qué pasa con el bebé?

–Ya lo pensaré.

Brody sabía que había cometido un gran error. Antes de ir a buscar a Cate para cenar había decidido que el sexo lo empeoraría todo, pero no había podido contenerse. Había pasado lejos de Candlewick muchas semanas y en todo ese tiempo Cate Everett había sido un recuerdo incandescente que invadía sus sueños.

El trayecto hasta la casa de la montaña era relativamente corto y no le dio tiempo suficiente a desenmarañar los complicados aspectos de su situación actual.

Ni siquiera había podido darle un beso de buenas noches. Cate había abierto la puerta de la librería y se había metido dentro, dejándolo plantado en la calle.

Cuando llegó a casa de su abuela y aparcó, la última persona a la que le apetecía ver era a su hermano, pero Duncan lo estaba esperando fuera.

–Ya tengo las maletas hechas para mi vuelo de mañana. ¿Has decidido si vienes conmigo?

Brody pensó en su flota de preciosos barcos, en su cómoda casa del valle y en las reuniones con sus colegas en el pub local al final de la semana para compartir una pinta de cerveza y celebrarlo todo o nada.

—No me puedo marchar. Aún no. No hay nada arreglado.

—¿No crees que Cate puede apañarse sola? Tiene a la abuela y, además, me parece una mujer sumamente capaz.

—Es mi bebé.

—Un espermatozoide con suerte no te convierte en el padre del año. No le rompas el corazón a Cate, Brody. Tienes que pensar bien las cosas.

—¿Tú te marcharías si estuvieras en mi lugar?

—No sé, pero creo que para tomar la decisión pensaría más en la madre que en el niño. He visto cómo miras a Cate. ¿Estás enamorado de ella?

Brody sintió calor en la cara y se alegró de que Duncan no pudiera verlo en la oscuridad del jardín.

—Claro que no. Apenas la conozco.

—Pues a mí me parece que la conoces muy bien —respondió con tono irónico y mordaz.

—La gente practica sexo sin estar enamorado.

—Reformularé la pregunta: ¿crees que Cate está enamorada de ti?

Capítulo Ocho

«¿Crees que Cate está enamorada de ti?». La pregunta de Duncan le estuvo torturando horas. Cuando el sol salió, apenas había dormido. Llevó a su hermano al aeropuerto y antes de que pasara por el control de seguridad, lo abrazó con fuerza.

–Gracias.

Duncan enarcó una ceja y sonrió.

–¿Qué he hecho?

–Eres lo mejor de la familia. ¿Estás seguro de que quieres ocuparte del negocio unas semanas? –durante el desayuno, Brody le había dicho que iba a quedarse en Candlewick hasta que tomara una decisión.

–Ya me ocupo de la parte aburrida del negocio y creo que puedo sobrevivir al resto.

–Te quiero, tío.

–Lo solucionarás, Brody. Tengo una fe absoluta en ti.

Cuando su último vínculo con Escocia se alejó de él y desapareció entre una cola de viajeros, volvió al coche y se puso rumbo a Candlewick. Diez días antes, al llegar allí juntos, había estado seguro de que un dúo de hombres Stewart podrían prácticamente con todo. Pero ahora allí estaba, solo, mientras Duncan volvía feliz a Escocia. La abuela no iría a ninguna parte y Cate Everett estaba embarazada de él. ¡Que Dios lo ayudase!

Al volver a casa de la abuela, la encontró en el despacho ojeando correspondencia de su marido.

–Bueno, Duncan ya está de camino a casa –dijo forzando un tono alegre.

Isobel se levantó y se estiró.

–Te veo mal, mi niño. Todo saldrá bien.

Al parecer, no le había servido de nada fingir y disimular.

–¿Qué haces, abuela? –preguntó ignorando el tema del que no quería hablar.

–Intentando decidir qué quedarme y qué tirar. Tu abuelo era una maravilla escribiendo. Veo su preciosa letra y me entran ganas de quedarme cada pedazo de papel, aunque sé que es una tontería.

Él la abrazó y la llevó al sillón.

–No es una tontería. En absoluto. Pero no hay prisa, ¿no?

–En realidad no, pero ahora que Cate se va a mudar aquí, he pensado que sería un gesto amable cederle el despacho para que pueda ocuparse de los asuntos de la librería desde aquí sin tener que ir al pueblo cada día.

–¿Crees que va a cerrar la librería?

–Ya cierra los domingos y los lunes, que es cuando suele ocuparse de la contabilidad y organiza todo. A lo mejor ahora que está embarazada también cerrará los martes, y supongo que cuando llegue el bebé, contratará a alguien.

Brody no entendía por qué su franca e indómita abuela no lo estaba presionando para que hiciera lo debido y se casara con Cate.

–Le he dicho que tenemos que casarnos –dijo a la defensiva.

—No puedes obligarla a hacer lo que tú quieras. Cate tiene su propia opinión. En mi época las cosas eran distintas, pero estamos en la era moderna y ella no necesita que la rescates.

Se le revolvió el estómago. Había estado esperando que su abuela lo apoyara.

—Pues entonces dime por qué no estoy con Duncan en el avión ahora mismo.

Su abuela se inclinó y lo besó en la cabeza.

—Tú eres el único que puede responder a eso, mi niño. Y más te vale hacer bien las cosas, porque si le haces daño a mi encantadora Cate, te cortaré el cuello, por mucho que seas mi nieto.

Cate estaba en mitad de su pequeño dormitorio observando las montañas de ropa que había encima de la cama. Hacer las maletas para trasladarse a casa de Izzy le había parecido una tarea muy sencilla hasta que se había dado cuenta de que tenía muy poca ropa que le valiera. Un par de vestidos y jerséis sueltos y una falda con cinturilla elástica pero ningún pantalón. Al parecer, lo primero que tendría que hacer sería meterse en Internet y hacer un pedido de prendas básicas para su nuevo fondo de armario.

Cada vez le costaba más concentrarse. Por suerte, era domingo y tenía todo el día por delante para organizar su vida. Estaba empezando a arrepentirse un poco de su decisión; no por el hecho de ayudar a Izzy, lo cual haría encantada, sino porque tener excesiva relación con la familia Stewart haría que la situación fuera demasiado incómoda cuando el bebé naciera.

El niño llevaría la sangre de Isobel, y sabiendo lo que suponía para la anciana su herencia escocesa, su hijo sería una especie de símbolo, un vínculo con Geoffrey y un recordatorio tangible de todo lo que esa mujer había dejado para casarse en América.

Se detuvo frente al espejo. Ya se le notaba la tripa y a veces esa nueva manifestación física la asustaba. Sin embargo, esa mañana, con el sol luciendo y las náuseas temporalmente controladas, su barriguita la hizo sonreír.

A diferencia de lo que había vivido ella, ese bebé, ya fuera niño o niña, estaría cubierto de amor. Eso lo tenía claro. Pero el futuro la aterraba; le daba miedo pensar en cuando ese niño o esa niña fuera lo suficientemente mayor para tomar decisiones, como por ejemplo subirse a un avión rumbo a Escocia y elegir quedarse a vivir con el padre que no había conocido nunca.

¿Cómo le explicaría que Brody no había querido tener hijos y que lo habían concebido por accidente?

Sus padres habían hecho lo correcto y, a pesar de tampoco haber querido hijos, no la habían abandonado. Habían estado a su lado físicamente, aunque había echado en falta cosas como el cariño, las risas y los auténticos lazos familiares. Esos vacíos le habían dejado cicatrices emocionales que, de niña, había llenado con libros y una imaginación muy activa. Después, al hacerse adulta, había seguido buscando eso que no había conocido nunca, pero las consecuencias habían sido trágicas y dolorosas.

De pronto sonó el timbre de la librería. Al asomarse por la ventana, vio el coche de Brody aparcado en la acera. Con el corazón acelerado, volvió a mirarse al espejo y gruñó. No había estado esperando a nadie y ni siquiera se había peinado.

Al descorrer el cerrojo y abrir la puerta, Brody entró como un héroe de película; la levantó en brazos y la besó en la frente antes de dejarla en el suelo.

—La abuela me ha mandado a ayudarte. Dime dónde están las cajas.

Cate contó hasta diez lentamente, diciéndose que ese beso no podía desviarla de su determinación.

—Luego sí que me vendrá bien ayuda para cargar con las cajas, pero de momento lo tengo todo controlado.

¿Estaría Brody pensando lo mismo que ella? ¿Que la tienda estaba cerrada y que tenía una cama muy cómoda y acogedora arriba?

—¿Por qué no estás en un avión con tu hermano? –le preguntó, negándose a dejar que viera que se alegraba locamente de verlo allí.

—¿Tenemos que tener esta conversación aquí de pie?

—De acuerdo, vamos.

La escalera era estrecha. ¿Le estaría mirando el culo mientras subían? Avergonzada y nerviosa por la situación que se había creado, le indicó que se sentara en una silla junto a la mesa de su diminuta cocina. Abrió la nevera.

—¿Quieres una cerveza?

—No. He venido para ayudarte con la mudanza.

—No necesito ayuda ahora, ya te lo he dicho. Vuelve después de cenar.

—No. La abuela dice que no quiere que hagas esfuerzos.

—¿Y tú qué opinas, Brody? –¡por favor! Ya estaba

74

flirteando otra vez. Cada vez que estaba con el guapo escocés, flirtear le parecía algo tan natural como respirar. Le dio un refresco de cola, sacó otro para ella y se sentó en la mesa.

—¿No se supone que no deberías tomar cafeína?

—¡Para de una vez! Me niego a recibir consejos de embarazo de un hombre que probablemente no ha cambiado un pañal en toda su vida.

—¿Acaso tú sí?

—No, pero eso no viene al caso. En serio, Brody, vete. Creo que puedo cargar un par de cajas sin desmayarme.

—Lo siento, Cate, pero no puedo volver a la montaña sin ti.

—Le tienes miedo a tu abuela.

—Por supuesto. Además, se me había ocurrido que podíamos hablar de la boda mientras hacemos las maletas.

—¡No hay ninguna boda de la que hablar! Este bebé es mío y este embarazo es mío. Eres libre. Si tu abuela te está presionando, hablaré con ella.

Él sonrió.

—¿Qué pasa?

—La verdad es que la abuela me ha dicho que no fuerce el tema de la boda.

Cate tragó saliva, negándose a admitir que se sentía dolida. ¿Acaso la diminuta escocesa no pensaba que fuera suficiente para su nieto?

—Ya… Ya te dije que era una mala idea.

Brody se inclinó hacia delante, apoyó los codos en la mesa y la miró fijamente.

—Puedes confiar en mí, Cate. Yo jamás te sería infiel, lo juro, y nuestro hijo lo tendrá todo.

–No me interesa tu dinero, Brody. No es un sustituto del amor. Tú mismo dijiste que no quieres sentar la cabeza y no pasa nada. No pasa nada en absoluto.

–Joder, Cate –se levantó y comenzó a caminar de un lado para otro, claramente nervioso–. Tienes que entenderlo. Mis padres se divorciaron cuando Duncan y yo éramos pequeños.

–Lo sé, Isobel me lo dijo. Y lo siento. Pero esa es razón de más para no precipitarte y casarte.

–Eso creía yo también hasta ahora. Me sentí como un idiota cuando se separaron. Creía que se llevaban genial y nunca los oí discutir ni pelearse. Al menos no hasta que decidieron que habían terminado. Después las cosas se pusieron mal enseguida y fue cuando Duncan y yo vinimos a los Estados Unidos y pasamos unas semanas con los abuelos.

–Tuvisteis suerte de tenerlos.

–¡Y tanto! Lo que intento decir es que te dije muchas estupideces y quiero retractarme. Por favor, Cate.

–Tú y yo no tenemos ninguna posibilidad de aguantar juntos.

–Eso no lo sabes –se detuvo detrás de su silla y le acarició el cuello–. Tenemos algo poderoso entre los dos, Cate. Podríamos hacer que funcione.

Ella se levantó. El hecho de que deseara tanto decirle que sí era señal de que tenía que resistirse.

–No puedo hablar de esto ahora. Me estás presionando y no es justo.

–Entonces, ¿lo pensarás?

Su sonrisa la desarmó.

–Si te digo que sí, ¿me dejarás en paz?

Él le acarició la mejilla.

76

—Si quieres que sea sincero, no te va a gustar mi respuesta —y enroscándose entre los dedos un mechón de su pelo añadió—: ¿Puedo hacerte una pregunta?

—Supongo… —respondió tensa por dentro.

—¿Te resultaría incómodo que te tocase la tripa? Me gustaría tocarla. Tocar al bebé.

—No me resultaría incómodo. ¿Recuerdas que anoche estuve medio desnuda contigo?

—Me tenías distraído con tus pechos.

—¡Oh, vamos, no están tan grandes! —no pudo evitar reír.

—Te he hecho reír.

Su masculina sonrisa de satisfacción le atrapó el corazón. Estar con Brody era como vivir el primer día de vacaciones de verano: todo resultaba emocionante y nuevo, cargado de posibilidades.

Diciéndose que ese momento no significaba nada, se levantó la camiseta con una mano y se bajó la cremallera de los viejos y desgastados vaqueros que ni siquiera se podía abrochar. Cuando lo miró, Brody tenía las mejillas encendidas y una extraña mirada.

—Adelante, no pasa nada.

Lentamente, él posó su cálida mano sobre su tripa. Para ella, esa zona nunca había resultado especialmente erógena, pero cuando Brody Stewart acarició el vientre donde estaba el hijo que los dos habían creado, sintió cómo todo su interior se derretía.

—¿Qué se siente, Cate? —le preguntó maravillado.

—Es raro pero maravilloso.

¿Era Brody consciente de que la estaba acariciando? Con delicadeza. Con suavidad.

—¿Sabes si quieres niño o niña?

–A las niñas las entiendo mejor que a los niños. Para serte sincera, me asusta un poco que sea un niño.

Tener a Brody acariciándola así derribó todas sus intenciones de mantener las distancias. Debería apartarse, romper esa conexión, pero ¿cómo iba a moverse cuando parecía tan embelesado por los cambios de su cuerpo?

Capítulo Nueve

A Brody le invadían toda clase de emociones desconcertantes. Quería protegerla y mimarla con delicadeza y al mismo tiempo le consumía un ardiente y latente deseo. Su barriguita ligeramente curvada lo tenía fascinado. Llevaba dentro una vida nueva. Era increíble.

Solo cuando vio que a ella se le puso la carne de gallina se dio cuenta de que llevaba mucho tiempo acariciándola y, aunque le supuso un gran esfuerzo, finalmente se apartó.

—Gracias.

Ella se ruborizó de un modo adorable, se bajó la camiseta y se subió la cremallera del pantalón con dificultad.

—No hay de qué.

—¿Resulto un insensible si te digo que disfrutaré viéndote cada vez más grande?

—Creo que la palabra que estás buscando es «gorda».

Brody se rio.

—Venga, vamos a hacer el equipaje. Cuanto antes te lleve a casa de la abuela, más feliz será.

Al final tardaron apenas una hora en llenar tres maletas y siete cajas, pero aún faltaban cosas. Y cuando Cate insistió en embalar todos los libros de la estantería que tenía junto a la cama, él no daba crédito.

–Tienes una librería y un libro electrónico. ¿Por qué ibas a querer llevarte todo esto?

–Mis libros me hacen sentir feliz y cómoda. No sabía que lo que se me permite llevar tuviera un límite.

–No hay límite. Mis disculpas.

Cate se sentó en la cama y de pronto se echó a llorar.

–¿He dicho algo malo?

Se sentó junto a ella, la rodeó con el brazo y le colocó la cabeza sobre su hombro.

–Todo irá bien, mi dulce Catie. No llores.

Ver a esa mujer imperturbable dejarse vencer por las emociones lo removió por dentro. ¿Cómo iba a ayudarla y apoyarla si ella no le permitía acercarse más?

Intuitivamente, mantuvo la boca cerrada y se limitó a abrazarla. Le gustaba que tuviera el pelo suelto. Se lo acarició y sintió los sedosos mechones bajo sus dedos. Y cuando ella se calmó, le dio unos pañuelos de papel.

–No has dormido bien esta noche, ¿verdad?

–¿Cómo lo sabes?

–Te pones llorona cuando estás cansada. Lo recuerdo.

–¿Cómo voy a poder dormir cuando todo mi mundo está a punto de cambiar?

–Tengo una solución para eso –retiró la colcha–. Necesitas una siesta. Es domingo y ya casi hemos terminado de embalar. Cuando te despiertes, te llevaré a comer algo o pediremos una pizza.

–No soy una niña –contestó ofendida, aunque se metió bajo las sábanas.

Brody la arropó.

–¿Te importa si me quedo aquí contigo? Últimamente tampoco he dormido mucho.

–No vamos a tener sexo.

–No, señora. Pero resulta que hay otras cosas que un hombre y una mujer pueden hacer juntos en la cama. Me tumbaré encima de la colcha si así estás más cómoda.

–Estaría más cómoda si hubieras vuelto a Escocia –refunfuñó, aunque su protesta no resultó muy entusiasta.

Brody se descalzó y se tumbó en la colcha.

–¡Oh, vamos! Métete debajo de las sábanas, terco escocés. Pero si me pones una mano encima, gritaré.

Él aceptó la oferta antes de que Cate cambiase de opinión. Se acomodó a su lado y sus músculos y huesos se relajaron al instante. ¡Qué bendición! Cuatro meses antes había pasado mucho tiempo en esa habitación, aunque apenas durmiendo. La cama de Cate era una antigüedad de hierro forjado pintada de blanco y con sábanas con aroma a lavanda.

Estaban tumbados boca arriba. Cuando él se giró hacia ella, la encontró con la cara girada, mirándolo. Sus ojos verdes con destellos dorados estaban ensombrecidos por las densas pestañas que los cubrían. Tenía el brazo extendido sobre la cabeza y tocaba el cabecero con los dedos. En una memorable ocasión le había atado las muñecas a ese robusto metal y se estremeció al recordarlo.

–Qué cansada estoy, Brody. ¿Podrías abrazarme nada más? Por favor…

–Entonces ¿no vamos a hacer nada más ni vamos a gritar? –bromeó.

–Cierra la boca y abrázame.

–Pensé que no me lo pedirías nunca.

Se giró dándole la espalda y él la abrazó por detrás. Durante un instante fue como si el mundo hubiera retrocedido en el tiempo, fuera octubre de nuevo y acabaran de conocerse.

La rodeó con el brazo izquierdo, extendiéndolo bajo sus pechos y con cuidado de no sobrepasarse para evitar que lo echara de la cama.

–¿Mejor?

–Hmm…

Ya estaba medio dormida. Escuchó su respiración y le besó en la nuca con suavidad. Cuando Cate bajaba la guardia, parecía como si no hubieran estado separados cuatro meses.

Durante un largo rato se limitó a respirar su aroma mientras su sexo respondía ante el roce de las nalgas de Cate contra su pelvis. Para él, todo en ella era perfecto. El cálido, receptivo y femenino cuerpo. Su aguda inteligencia. Su compasión por su arisca abuela.

Ya no sabía qué era lo correcto. ¿No se merecía ese bebé un padre? Al parecer, a la abuela no le parecía bien que presionara a Cate para casarse e incluso Cate se mostraba reacia. Pero si volvía a casa, estaba casi seguro de que perdería la oportunidad de ganarse su confianza.

Cerró los ojos y exhaló. Si ahora mismo estuviera en casa, en la isla de Skye, estaría navegando. Era en los barcos donde podía pensar. Candlewick era un pueblecito pintoresco y encantador, parecido a una pequeña aldea escocesa en muchos aspectos, pero no tenía mar y Brody sentía que allí le faltaba algo.

Debió de quedarse dormido y cuando finalmente despertó, se encontró a Cate medio tumbada encima, con una pierna sobre la suya. Seguía dormida.

Miró el reloj. Eran casi la una y media, lo cual justificaba que le rugiera el estómago.

—Catie —susurró. Si dormía demasiado, esa noche volvería a pasarla despierta—. Catie. Despierta.

—Mmm —hundió la cara en su cuello—. No quiero.

Brody sonrió y le apretó una nalga cariñosamente.

—Te aviso, si sigues encima de mí mucho rato más, va a pasar algo, a pesar de lo que te haya prometido antes.

Abrió un ojo. Al parecer, no se había dado cuenta de la postura que había adoptado.

—¿Has intentado algo conmigo dormida?

—¡Oye! —exclamó verdaderamente indignado—. Eres tú la que se ha movido, no yo. Ahora vuelve a tu almohada o…

—¿O qué? —sonrió pícaramente.

Su pequeña Cate estaba muy cariñosa después de la siesta, pero él no se podía permitir otro tropiezo. Apartó la mano.

—Has dicho que nada de sexo —dijo tranquilamente, aunque tenía una erección que parecía de acero.

—Los dos hemos dicho cosas de las que nos arrepentimos —respondió Cate con tono de broma—. Las situaciones cambian —le mordisqueó el labio inferior y después lo besó lentamente.

—No estás jugando limpio.

—Haz que me olvide de todo, Brody —le susurró—. Me gusta dejarme llevar cuando estoy contigo.

—Tenemos que hablar —dijo intentando ignorar cómo sus pechos rozaban el suave algodón de su camiseta.

Ella le desabrochó los tres botones de arriba de la camisa y le lamió la clavícula.

—Luego, Brody. Luego.

Un hombre no podía resistir tanta provocación.

–Joder –se rindió, porque resistirse a ella sería cometer una locura a muchos niveles. Le quitó la camiseta y suspiró de placer al ver sus voluptuosos pechos sobresaliéndole del sujetador blanco–. Te sienta muy bien el embarazo. Eres un regalo para la vista.

Se abalanzaron el uno sobre el otro arrancando botones y bajando cremalleras, riéndose y rodando por la cama.

–No dejes que me caiga.

–Eso nunca, Catie. Eso nunca.

Se movió sobre ella y dentro de ella. A pesar de la locura de la noche anterior en los jardines del restaurante, se sentía como si hubiera estado días sin verla. Hambriento, se hundió en su interior y el gemido de Cate lo instó a continuar.

Cate gemía mientras Brody sacudía sus caderas hacia delante y atrás desesperadamente. Lo que estaba compartiendo ahora en la cama con él le estaba resultando familiar pero nuevo a la vez. Llevaba a su hijo dentro. Él quería que se casasen.

Rodeándolo por la cintura con las piernas, alzó las caderas y en silencio le suplicó más y más. Sentía el cuerpo extraño. Todas sus terminaciones nerviosas y todo tipo de sensaciones cobraron vida, arrastrándola en una ola de deseo tan intenso que pensó que se moriría si él se detenía.

Aunque en la habitación hacía frío, estaban empapados de sudor. Brody seguía medio vestido, con una pata del pantalón alrededor del tobillo. Ella tenía el sujetador enganchado con algo y la tira le colgaba del brazo. Pero nada de eso importaba.

–Brody –gimió–. Brody…

El torso de Brody se sacudía con la fuerza de su respiración entrecortada. Un intenso orgasmo recorrió a Cate como un caballo desbocado buscando libertad. Quería sentirlo todo, cada incandescente segundo, pero se rompió en sus brazos, gritando su nombre y vibrando incesantemente mientras su cuerpo encontraba tan dichoso alivio.

Brody se puso tenso y la llenó con su fuerza vital. Después se dejó caer sobre ella y gimió contra su pelo enmarañado.

Pasaron largos segundos en silencio mientras recuperaban el aliento.

–Dios mío.

–Siempre había oído que algunas embarazadas eran insaciables, pero nunca pensé que yo pudiera llegar a ser una de ellas.

Esperaba que Brody se riera, pero se quedó en silencio un momento y comenzó a vestirse.

–¿Qué te parece si voy a por una pizza? –le preguntó.

Cate asintió, extrañada por su repentino cambio de humor.

–Me parece bien.

–Vuelvo enseguida –se guardó la llave en el bolsillo y se marchó.

Brody tenía razón. Tenían que hablar. Pero primero ella tenía que terminar el trabajo que habían empezado.

Por suerte, el apartamento era pequeño y no tardó mucho tiempo en revisar armarios y cajones para asegurarse de que no olvidaba nada. ¿Quién sabía si tardaría seis semanas o seis meses en volver?

Menos de cuarenta y cinco minutos después, Brody volvió con una caja que olía de maravilla.

Comieron en un incómodo silencio que no hizo más que aumentar según pasaban los minutos, y cuando terminaron, Brody dijo:

—Dime una cosa, Cate…

Tenía una actitud entre gruñona y desafiante, lo cual resultaba algo extraño para tratarse de un hombre que acababa de compartir con Cate lo que para ella había sido el mejor encuentro sexual de toda su relación hasta la fecha.

—Cuando le pregunté a la abuela por qué viniste a Candlewick, me dijo que si lo quería saber tendría que preguntártelo yo mismo. Así que te lo voy a preguntar.

Tras una pausa para poner en orden sus pensamientos, Cate se encogió de hombros y respondió:

—¿Recuerdas que te dije que mis padres murieron en un accidente de tráfico?

—Sí.

—Sucedió justo cuando estaba empezando mi primer año de Medicina en California del Sur.

—¿Eres médico?

—Ni por asomo. Por desgracia, lo dejé.

—¿Qué pasó?

—Me enamoré.

—¿De otro alumno?

—No, de uno de mis profesores. Era joven y carismático. Yo estaba traumatizada por la muerte de mis padres y me sentía terriblemente sola y vulnerable. Me provoca náuseas solo pensar en ello. Anhelaba que alguien cuidara de mí, Brody. ¿No es patético?

—Supongo que tiene sentido. Me has dicho que tu infancia te dejó secuelas emocionales. Si a eso añadimos la tragedia de tus padres y verte en un ambiente nuevo, supongo que no me sorprende que vivieras una época dura.

—Estaba casado, Brody. Tenía mujer y dos hijos al otro lado de la ciudad. Nadie lo sabía. Y mucho menos yo.

—Joder, Cate —parecía verdaderamente disgustado.

—La relación había durado desde finales de septiembre hasta casi las vacaciones de Acción de Gracias y entonces un día todo se vino abajo. Su mujer se presentó en el campus con un ataque de nervios. La junta le exigió a él que renunciara al puesto de inmediato y yo quedé como la pobre ingenua y patética que se había creído sus mentiras. Recogí las cosas de mi pequeño apartamento, cargué el coche y me fui sin mirar atrás.

—¿Y por qué Candlewick?

—Hice una búsqueda inmobiliaria de lugares lo más alejados posibles del Océano Pacífico y encontré que la librería estaba en venta. Tenía el dinero del seguro de mis padres, así que corrí a refugiarme aquí.

—No sé qué decir.

—No tienes que decir nada. Lo que importa es que no me casaré contigo, Brody. Pensé que había encontrado el amor de mi vida y todo resultó ser una mentira gigantesca. No puedo volver a pasar por eso. Me gusta estar sola. Es más seguro para mí.

Capítulo Diez

Brody nunca se había sentido tan confuso. Cate iba a tener un hijo suyo y eso le obligaba moralmente a formar una familia. ¿O no? Pero tampoco podía esperar que ella lo siguiera hasta Escocia cuando le había confesado claramente que le costaba confiar en la gente.

¿Y Candlewick? Ahí no había nada para él, ni una sola extensión de agua más grande que un estanque de peces. En las Tierras Altas tenía una flota de barcos de todo tipo, desde elegantes veleros turísticos a embarcaciones para pesca de arrastre. El agua era su vida y la idea de no volver nunca a Escocia le produjo un sudor frío.

Por desgracia, el día había empeorado después de la confesión de Cate. Cargaron los coches, cerraron la tienda y llegaron a la casa de Isobel justo antes de las cinco. Algo más de una hora después, Cate estaba cómodamente instalada en un lujoso dormitorio frente al de Brody. La suite de su abuela estaba en el otro extremo del pasillo.

Tomaron la cena que les había preparado una joven del pueblo a la que la abuela había contratado y después Cate dijo encontrarse cansada y se retiró.

Brody se apartó de la mesa y se pasó las manos por el pelo.

—No sé si puedo quedarme aquí, abuela. A lo mejor debería alquilarme una casa.

–¿A qué tienes miedo, Brody?

–¡A nada, joder! Eres tú la que dice que tengo que darle espacio.

–A mí no me hables así, jovencito.

–Lo siento, abuela. No la entiendo. Las mujeres sois imposibles.

–Puede que sea mayor, pero aún recuerdo que cuando tu abuelo y yo nos conocimos, me pareció un estúpido norteamericano arrogante.

–¿En serio? –Brody se rio–. No lo sabía.

–El muy presuntuoso se pensaba que podía encandilarme colmándome de regalos. Lo mandé a paseo más de una vez.

–¿Y cómo te conquistó al final?

–Me quería. Y cuando entendí que me quería, todo fue fácil.

Brody cambió de tema al sentirse algo incómodo y pasó el resto de la noche fingiendo normalidad cuando no la había en absoluto. Ni Candlewick ni la lujosa y preciosa casa de su abuela eran el lugar donde debía estar.

Era medianoche y vagaba por la casa pensando qué hacer y cómo solucionar el problema cuando se encontró a Cate asaltando la nevera. Ella se giró con gesto de culpabilidad e intentando ocultar tras la espalda un trozo de tarta. La luz de la nevera le iluminaba el rostro.

–Creía que no había nadie despierto.

–No soy la policía de la comida –le respondió con tono amable–. Además, ¿no es este el único momento en la vida de una mujer en el que se supone que puede comer todo lo que quiera sin sentirse culpable? –sacó dos tenedores–. Siéntate. Yo también comeré un poco si hay más.

–Hay mucha. Tarta de merengue y caramelo. No la tomaba desde que era pequeña.

Se sentaron en la pequeña mesa, codo con codo. Las luces del techo estaban apagadas y solo una pequeña lámpara Tiffany iluminaba los platos. Al principio comieron en silencio y finalmente Brody soltó el tenedor y le agarró una mano. Ella se sobresaltó cuando la tocó, pero no se apartó.

–Cate…

–Dime, Brody.

–Que vivamos bajo el mismo techo dadas las circunstancias me resulta algo incómodo. Te deseo y creo que tú a mí también, pero no me parecería bien que nos viéramos a hurtadillas y a escondidas de la abuela. Me parecería una falta de respeto hacia ella y la quiero demasiado.

–Estoy completamente de acuerdo.

–¿Y cómo lo solucionamos? Si te casaras conmigo, podríamos compartir una cama y una vida.

–Si cuentas los días que hemos pasado juntos, se podría decir que no hace ni un mes que nos conocemos.

–Cierto. La idea puede parecer ridícula, pero a lo largo de los siglos la gente se ha casado por razones mucho menos prácticas. Nos gustamos, Cate, y tenemos química sexual a raudales. Hemos creado un niño. ¿Por qué no nos damos una oportunidad?

–¿Qué harías tú aquí todos los días?

–No lo sé. Ayudar a la abuela con el negocio y cuidarte.

–¿Por qué es tan importante para ti todo esto?

–¿Sinceramente? No estoy del todo seguro, pero no me puedo imaginar alejándome de ti y de nuestro hijo, ni volviendo a Escocia fingiendo que mi vida es igual que lo era antes.

—¿Y qué harías con tu negocio?

¿Estaba ganando? ¿Cate se estaba ablandando y cediendo?, pensó eufórico por dentro.

—Duncan es mi socio y ha estado llevando la parte financiera un tiempo. Es un as de los números. Si se lo pido, se ocupará de todo mientras yo no esté.

—¿Y después qué?

—¿No podemos ir viéndolo sobre la marcha?

—Si voy a acceder a esto, tendría que ser por un tiempo fijo, digamos un año, y con documentos legales de por medio. Si después de doce meses vuelves a Escocia, el bebé se queda conmigo.

—¿Esperas que abandone a mi niño? —preguntó empleando un término escocés para referirse al pequeño.

—Crees que con casarnos se soluciona todo, pero no es así.

—Es un comienzo.

—¿No sería más fácil vivir en pecado? —le preguntó ella con una sonrisa. Se la veía cansada, pero estaba increíblemente sexi—. No creo que la abstinencia sea lo nuestro. Tu abuela es mucho menos tradicional de lo que crees. Hablaré con ella si quieres.

—¡No! —le aterró solo pensar que su amante hablara de su vida sexual con su abuela de noventa y dos años—. ¿No te quieres casar conmigo, pero estás dispuesta a que tengamos relaciones con mi abuela durmiendo al fondo del pasillo?

—No oye nada por la noche cuando se quita el audífono.

Él se llevó las manos a la cara.

–¡Esto es un infierno!

–No seas tan dramático. Soy yo la que se va a metamorfosear en una ballena gigante.

–Estás preciosa y sexi. No puedo mirarte sin desearte y eso no cambiará porque tengas una preciosa barriguita de embarazada.

–No será una «barriguita» durante mucho tiempo.

Él le besó los dedos.

–¿Crees que vas a poder dormir ahora?

–¿Te quedarás conmigo?

Brody se levantó, la levantó de la silla y la rodeó por la cintura.

–Sí, pero no sé si dormiremos mucho.

Pasaron tres semanas en un abrir y cerrar de ojos y Cate se sentía como si estuviera viviendo dos vidas distintas.

Seguía su rutina habitual en la librería de martes a sábados. El trabajo le mantenía la mente ocupada y todo ese ajetreo le venía bien porque, de no tenerlo, se habría pasado el tiempo preguntándose constantemente si se estaba enamorando de Brody Stewart. Estaba experimentando los síntomas: ritmo cardíaco acelerado y mariposas en el estómago cuando lo veía. Le gustaba ese hombre, y eso era peligroso.

Los domingos y los lunes pasaba mucho tiempo con Izzy, que había decidido que había llegado el momento de emprender la dolorosa tarea de deshacerse de los efectos personales de su marido. Había reservado algunos objetos para sus nietos, pero la mayoría de las cosas fueron a la beneficencia local.

Cate no sabía qué hacía Brody a diario y tampoco lo preguntó. Daba por hecho que su abuela y él estaban resolviendo asuntos en las oficinas de la empresa. A Isobel le encantaba tener a su nieto cerca y también estaba entusiasmada de tenerla a ella viviendo bajo su mismo techo.

En la mundana rutina de Cate destacaban algunos momentos de felicidad en los que fingían ser una pareja de verdad; Brody iba a su cama todas las noches y volvía a la suya antes del amanecer. Pero una tarde de marzo esa agradable ficción se desmoronó. Había cerrado la librería antes de lo habitual porque no había clientes y había conducido hasta la montaña deseando pasar la noche con el hombre que se estaba convirtiendo en mucho más que el padre de su futuro hijo o el amante que le hacía las noches más cálidas.

Brody se estaba abriendo camino hacia su corazón. Su generosidad, su cariño y su amabilidad la hacían sentir especial. La mimaba y la colmaba de regalos y la hacía sentirse sexi, incluso a pesar de los cambios que el embarazo estaba produciendo en su cuerpo.

Estaba buscando a Brody por toda la casa para enseñarle los libros que había encargado para el bebé cuando se detuvo en seco fuera del despacho al oír que estaban hablando de ella.

–Dime, Brody –dijo Izzy–. ¿Por qué es tan importante para ti casarte con Cate?

A Cate se le encogió el corazón por miedo a oír la respuesta.

–No lo sé, abuela. Supongo que por un lado es una cuestión de orgullo. No quiero que la gente piense que la dejé embarazada y no hice lo que debía hacer.

—Entonces es por ti y no por el bebé.

—No es solo por eso. Quiero figurar como el padre en la partida de nacimiento.

—¿Y no crees que Cate accedería a eso de todos modos?

—Supongo que sí. Tal vez.

—Los hombres Stewart siempre habéis tenido el don de pensar con una cosa en concreto en lugar de con el cerebro.

—¡Abuela!

Isobel se rio.

—Cariño, tengo que preguntarte si quieres a Cate.

—Creo que podría quererla. Nos conocimos hace unos meses y luego yo estuve fuera mucho tiempo, pero cuando estamos juntos…

—La deseas, Brody. Pero eso no es suficiente. Cuando el deseo físico se aplaque, tiene que haber algo más en lo que se sustente un matrimonio, algo que no sea solo físico.

—No quiero que mi matrimonio fracase.

Cate se obligó a entrar en la sala a pesar de que el estómago le daba vueltas y tenía ganas de vomitar.

—Y por eso precisamente no vamos a casarnos. Le agradezco su preocupación, señora Izzy, pero esto es entre Brody y yo.

—No le he dicho nada a la abuela que no te haya dicho a ti.

«Menos admitir que no me quieres». Esa verdad le dolió terriblemente y solo en ese momento fue consciente de que había sido una ingenua al hacerse ilusiones. Sabía muy bien que los hombres se valían de palabras dulces y del sexo para conseguir lo que querían.

—No estoy enfadada, Brody —dijo con un tono absolutamente sereno mientras por dentro el corazón se le rompía en un millón de pedazos. Se giró hacia Izzy—. Si Brody y yo llegáramos a casarnos alguna vez, sería por razones prácticas y solo de forma temporal. Pero antes de que llegara ese momento, tendríamos que aclarar muchos detalles.

—En mi época a eso se lo llamaríamos empezar la casa por el tejado, dulce y testaruda Cate.

Brody le echó un brazo por los hombros.

—Este es nuestro problema, abuela. Tendrás que confiar en nosotros.

Cate se tensó cuando Brody la tocó. No podía soportar tenerlo tan cerca y se apartó bruscamente.

—No veo a este bebé como un «problema», Brody Stewart —dijo con voz temblorosa—. Lamento que tú sí. Si me perdonáis, me saltaré la cena y me iré a dormir pronto. Hasta mañana a los dos.

Capítulo Once

Isobel lo miraba con preocupación y eso le inquietó aún más.

–Lo siento, mi niño. ¿Crees que lo ha oído todo? No debería haberme entrometido.

–No te preocupes. Solucionaré las cosas con Cate.

–Esta noche no.

–No. Esta noche no.

Solo cuando se desvistió a la una de la madrugada y se metió en su solitaria cama se dio cuenta de lo mucho que había ansiado al final de cada día las dulces horas que pasaba con Cate.

La mirada de dolor que había visto en ella unas horas antes le atormentaba. ¿Era el culpable de esa situación? ¡Le había propuesto matrimonio! ¿Qué más esperaba de él?

Pasó la noche inquieto, alternando entre sueños perturbadores y despertares con una dolorosa erección. Cuando bajó a la cocina a la mañana siguiente, estaba de un humor espantoso y no ayudó mucho que Cate prácticamente lo ignorara. Isobel aún no se había levantado.

Se sirvió un café, que se tomó de un trago, y se preparó una segunda taza.

Cate estaba sentada en la mesa leyendo una revista sobre maternidad.

Se sentó enfrente con la esperanza de hablar, pero seguía ignorándolo.

–Mírame, Cate.

Ella levantó la mirada, arrugó la nariz con gesto de desdén y siguió leyendo.

–No entiendo por qué estás tan enfadada conmigo –dijo ofendido.

Muy lentamente, Cate dobló la esquina de la página que había estado leyendo, cerró la revista y lo miró.

–Llamaste «problema» a nuestro bebé. Desconocía que mi hijo y yo fuéramos un obstáculo para tu bienestar. Lárgate, Brody, y déjame desayunar en paz.

Estaba furioso y excitado a la vez. Ninguna mujer le había provocado nunca sensaciones tan distintas.

–Dime qué quieres. Estoy cansado de intentar averiguarlo y fracasar.

Ella levantó la barbilla y lo fulminó con la mirada.

–No quiero nada de ti. Creía que lo había dejado perfectamente claro. Es más… –de pronto se detuvo en seco y se inclinó sobre la mesa con gesto de asombro.

–¿Qué pasa?

No respondió. Tenía la mirada clavada en algún punto de la habitación.

Él se levantó y la agarró de los hombros, zarandeándola con delicadeza.

–Dime algo. ¿Te encuentras mal?

Cate apoyó la cabeza en su pecho y esbozó una diminuta sonrisa.

–Estoy bien.

–Me estás asustando –respondió Brody mientras le acariciaba una mejilla.

–Es el bebé, Brody. Creo que lo he sentido.

Brody se sentó; odiaba tener que admitir que le temblaban las piernas.

–¿Y eso es normal? ¿Te duele?

–¿Normal? Creo que sí. Estoy casi de cinco meses.

–¿Puedo? –y sin esperar a recibir permiso, posó la mano casi con reverencia sobre su abultado vientre–. ¿Dónde?

–Aquí –respondió agarrándole los dedos–. No sé si lo puedes notar desde fuera.

Pero sí que lo notó, ligeramente. Fue una delicada palpitación que le produjo una cálida sensación en los dedos.

–¡Dios mío! –hasta ese momento el bebé había sido para él una idea efímera e inespecífica.

Se quedó sin aliento y se le saltaron las lágrimas. El movimiento cesó y la miró alarmado.

–¿Por qué no noto nada ahora?

–No lo sé. A lo mejor está dormida.

–Dormido –dijo con rotundidad–. Es un Stewart que perpetuará el linaje.

–¡Por favor!

–Siento lo de ayer –le dijo, apartándole el pelo de la cara–. Herí tus sentimientos, pero no era mi intención en absoluto.

Cate se levantó de pronto con gesto serio.

–Yo también lo siento. He estado leyendo mucho y todo el mundo dice que al principio los hombres estáis en desventaja porque el bebé no os parece real.

Brody asintió.

–Diría que es verdad. He estado más centrado en ti y en cómo te sientes.

–Lo que yo siento es que todo lo que conocía de mí

misma está cambiando de pronto. Mi cuerpo, mis emociones, mi futuro. Aunque por muy asustada y angustiada que estuve al principio, jamás pensé en dar a este bebé en adopción. Pero esa es mi opinión. No permitiré que un encuentro sexual del que yo fui completamente partícipe condicione el resto de tu vida. No es justo para ti y en realidad tampoco lo es para mí.

–¿Por qué no es justo para ti?

Cate tenía los ojos llenos de lágrimas.

–Porque me merezco tener a alguien a mi lado que esté locamente enamorado de mí y porque sé que un matrimonio de conveniencia es como una cadena perpetua.

–Entiendo lo que dices, de verdad que sí. Pero…

–Para. Te agradezco tu interés y tu preocupación y que te importen el bienestar del bebé y el mío, pero me niego a ser el «problema» de alguien. Ahora estoy sola y este bebé es un milagro.

–Entendido –respondió él conteniendo las ganas de discutir–. ¿Hacemos una tregua?

Cate bostezó de pronto, lo cual sugirió que parecía haber pasado una noche tan inquieta como la suya.

–Sí, pero prométeme que te plantearás volver a Escocia. Te lo digo muy en serio.

–Bien –aunque, por mucho que echara de menos su antigua vida, se veía incapaz de alejarse de ella.

Cate estaba exhausta. No había dormido bien sin Brody en su cama y admitir esa debilidad resultaba alarmante.

–Esta noche nos vemos –dijo. Tenía que ir a trabajar.

Él la agarró del brazo cuando pasó por su lado.

–Gracias.

Estaban tan cerca que podía inhalar el masculino aroma de su piel.

–¿Por qué?

–Por haber compartido conmigo la primera vez que se ha movido el bebé. Me alegro de que hayas querido tener a nuestro hijo, Cate.

Ella cerró los ojos y se permitió un momento para apoyar la cabeza en su hombro y absorber algo de su fuerza.

–¿Necesitas ayuda en la tienda? –le preguntó Brody mientras le acariciaba el pelo–. Anoche la abuela me dijo que hoy no iríamos a la oficina. Los dos gerentes lo están haciendo muy bien y quiere demostrarles que confía en ellos. La verdad es que me temía que el negocio se convirtiera en un caos sin el abuelo y con la abuela tan afectada por su pérdida, pero las cosas van muy bien.

–Me alegro. Me encantaría tener compañía en la librería. Quedamos en quince minutos, si te viene bien.

Él la besó en la frente.

–Te espero en el coche.

Brody fue fiel a su palabra. Cuando salió de casa, la estaba esperando en el coche, aunque el vehículo aparcado en la entrada no era el sedán de alquiler en el que habían llegado Duncan y él, sino un brillante y lujoso todoterreno negro con las lunas tintadas.

–¿Qué es esto?

–Lo compré ayer. Ya que me voy a quedar por aquí un tiempo, no tenía sentido seguir con el coche de alquiler.

Abrió la puerta del copiloto y el olor a coche nuevo se entremezcló con el aroma de la mañana. Cate respiró hondo, se abrochó el cinturón y suspiró complacida.

Brody sonrió y encendió la radio.

—Me alegra que te guste. También lo he puesto a tu nombre. Si vuelvo a Escocia, el bebé y tú tendréis un medio de transporte fiable y seguro.

—Brody, lo estás haciendo otra vez.

—¿Haciendo qué?

—Intentando manejarme la vida. Soy una mujer adulta y ya tengo un coche, un medio de transporte perfectamente fiable.

—Sí que tienes un coche, pero tiene muchos años y, además, es demasiado bajo. Cuando estés de ocho o nueve meses, no podrás ni salir ni entrar. Y no solo eso, sino que este coche es perfecto para una sillita de bebé porque podrás sentar y sacar al niño sin tener que romperte la espalda.

Ella seguía marcando límites y Brody no dejaba de sobrepasarlos. Si no tenía cuidado, acabaría viéndolo en el paritorio queriendo ayudar a algún pobre médico a traer al niño al mundo.

Pero por suerte para Brody, estaba demasiado cansada para discutir. Cerró los ojos y durmió durante el breve trayecto. Era agradable tener a alguien que la cuidaba y protegía, pero tendría que imponerse seriamente porque, de lo contrario, el macho alfa escocés tomaría las riendas de su vida al completo.

Cuando aparcaron frente a la librería, todos los comercios de Main Street estaban empezando a abrir.

A Cate le encantaba el ambiente de Candlewick y disfrutaba sabiendo que su negocio formaba parte de la comunidad. Ese pueblo y sus residentes la habían acogido cuando había llegado allí rota y sola. Izzy, en particular, la había cobijado bajo su ala y había sanado su alma rota con pan casero, tazas de café y largas y maravillosas conversaciones sobre libros, autores y cómo la era digital acabaría con la curiosidad intelectual.

Mientras estaba perdida en sus pensamientos, Brody le había abierto la puerta.

–Vamos, se hace tarde.

Ella bajó del coche, abrió la puerta de la librería, apagó la alarma y le dijo:

–Estás en tu casa. Tengo que hacer un par de cosas y después veré si te puedo encontrar alguna tarea.

Él sonrió.

–No te inventes trabajos para mí. Estaré perfectamente viendo cómo trabajas.

Riéndose, lo dejó en la sección de ciencia ficción.

Su pequeña oficina estaba en la parte trasera del local. En más de una ocasión se había planteado contratar ayuda, pero había tardado años en empezar a sacar beneficios con el negocio y, por otro lado, no podía contratar a cualquiera para trabajar en su preciado y especial establecimiento. Esa librería le había salvado la vida. Era su hogar.

Cuando la campanilla de la puerta sonó, asomó la cabeza desde la puerta y vio a Brody saludando a Sharma Reddick y a sus gemelos de cuatro años.

–Hola, Sharma –le dijo al salir a la tienda–. Hacía semanas que no te veía.

–Los niños han tenido la gripe y estamos empezando a volver al mundo de los vivos. Me estaban volviendo loca, así que les he prometido que si recogían todos sus juguetes, les traería aquí –y dirigiéndose a Brody añadió–: Cate es un genio. Hace unos años montó ese rinconcito y ahora es el lugar preferido por los padres del pueblo que quieren unos minutos de paz y cordura mientras compran.

Brody sonrió y miró a los niños, que estaban jugando en una alfombra de colores vivos junto a una pequeña mesa de trenes, una caja de cubos de construcción, un bote de coches Matchbox y un viejo escritorio que contenía bajo la tapa pinturas y papel para artistas en ciernes.

–Impresionante.

Sharma le sonrió.

–¿Tiene usted hijos, señor Stewart? Yo soy madre soltera, así que siempre estoy buscando consejos para la crianza de niños.

«O carne fresca», pensó Cate intentando mantener la sonrisa. Sharma era un encanto, pero eso no significaba que quisiera verla yendo detrás de Brody.

–Brody es el nieto de la señora Izzy. Ha venido de visita y para ayudarla con el negocio.

–Vaya… –ahora Sharma lo miraba con más interés todavía. ¿Guapo y rico? ¿Qué mujer podía resistirse a eso?

Cate la agarró del brazo y la alejó de Brody.

–Deja que te enseñe estos libros nuevos. Creo que a los niños les encantarán.

Brody fue a la sección de biografías y desde ahí vigiló que los niños no hiciesen nada peligroso. Mientras tanto, Sharma eligió dos libros para cada niño y se dirigió a la caja registradora.

Cuando Cate efectuó la venta, miró al otro lado del

mostrador y se estremeció por dentro. Tardaría media hora en recoger todo ese desastre, pero Sharma era una gran clienta y cualquier molestia merecía la pena.

Brody, aprovechando que Sharma no estaba mirando, le lanzó a Cate una mirada de diversión a la que ella respondió con una sonrisa.

–Volveré pronto. Decidle adiós a la señorita Cate, niños.

Cate los siguió para acompañarlos a la puerta y de pronto emitió un grito ahogado al resbalar con algo. Cayó sobre la cadera derecha y se golpeó el codo con el suelo.

Capítulo Doce

—¡Cate, cuánto lo siento! —gritó Sharma. Al parecer, el accidente lo había provocado un juguete.

A Brody se le paró el corazón al verla tirada en el suelo. ¿Se habría golpeado el abdomen?

Con el corazón en la garganta, se arrodilló a su lado. Cate intentaba incorporarse.

—Espera un minuto, tengo que asegurarme de que no tienes nada roto.

Sharma seguía pegada a ellos, gritando, disculpándose y poniendo a Brody de los nervios.

—Yo estoy tropezándome con juguetes todo el tiempo. ¿Lo veis, chicos? ¿Veis lo que le habéis hecho a la pobre Cate?

Brody sonrió como pudo.

—Creo que es mejor que cerremos la tienda para poder llevarla al médico. ¿Te importa girar el cartel al salir?

—Claro.

Una vez los tres estuvieron fuera de la tienda, Brody suspiró.

—¿Es este el culpable? —preguntó agarrando un coche diminuto.

Cate asintió.

—Pero ha sido culpa mía. No lo he visto. Me he dado un golpe tan fuerte que me han retumbado los dientes.

Intentaba disimular, pero Brody sabía que le dolía.

—Tenemos que ir a que te echen un vistazo.

—La consulta de mi ginecóloga está a cuarenta y cinco minutos. Brody, estoy bien. Seguro que tendré algunos cardenales, pero eso el médico no lo puede solucionar.

—Cierto, aunque no irás a decirme que no estás preocupada por el bebé.

No podía negarlo. Esos preciosos ojos del color de la hierba de verano se habían oscurecido de inquietud.

—Claro que sí.

—¿No hay ningún médico aquí en el pueblo que pueda verte?

—Hay un ambulatorio. No conozco a nadie allí, pero sé que no es necesario tener cita previa.

—Pues entonces empezaremos por ahí –la levantó en brazos.

—Puedo andar, Brody.

—Venga, mi niña, compláceme.

La llevó al coche y entró en la tienda para recoger el bolso y cerrar. Al volver, la vio con las manos sobre su vientre.

—¿Te duele?

—Sí, pero solo los músculos y los huesos. Puedo notar al bebé moviéndose.

—Gracias a Dios –dijo verdaderamente aliviado.

La clínica estaba ubicada en un centro comercial a las afueras del pueblo, en un entorno menos pintoresco que Main Street, y debía de ser un día ajetreado porque todas las plazas estaban ocupadas.

Antes de poder detenerla, Cate estaba bajando del coche.

–Puedo ir sola, de verdad.

Tuvo que dar tres vueltas a la manzana antes de encontrar aparcamiento y dirigirse corriendo a la clínica.

–Hola –le dijo la recepcionista–. ¿En qué puedo ayudarle?

–Tengo que ver a Cate Everett.

–¿Es usted su marido?

Por un segundo se planteó mentir, pero prefería no correr riesgos.

–No.

–¿Un familiar?

–No.

La sonrisa de la mujer fue amable pero su respuesta firme.

–Lo siento. Tendrá que esperar aquí fuera.

Brody estuvo a punto de perder los nervios. La espera pasó de media hora a una hora y después a media hora más, y no podía enviarle un mensaje porque Cate se había dejado el móvil en el coche. ¿Por qué tardaba tanto?

Pero por fin apareció y, solo con verle la cara, sus miedos se disiparon.

Una vez Cate pagó la factura, Brody la agarró del brazo y fueron hasta el coche.

–Le he dicho a la abuela que te voy a llevar a cenar.

–Solo son las tres –protestó Cate.

–Pero te has perdido el almuerzo y eso no es bueno para una embarazada. Si te apetece dar una vuelta en coche, podríamos ir a Asheville. No he vuelto desde que era adolescente. El abuelo nos llevó una vez a un concierto a Duncan y a mí.

–Me gustaría.

—Tenemos que hablar, Cate, y por mucho que adoro a mi abuela, prefiero no tener público.

Ya estaban en el coche, de camino, y eso le impedía mirarla directamente a la cara.

—De acuerdo, pero no hables de eso ahora, por favor. Lo único que quiero es echarme una siesta —Cate reclinó el asiento y se quitó los zapatos.

—Por supuesto —Brody bajó el volumen de la radio—. ¿Seguro que no tenemos que ir a un hospital?

—Segurísimo. La enfermera me ha concertado una cita con mi ginecóloga para mañana, pero solo por precaución. Estoy bien. Me han explorado y me han comprobado las constantes vitales montones de veces. Creo que les ha asustado que ya me hubieran brotado los hematomas, pero para mí eso es normal. Es la maldición de tener una piel tan fina.

Él le agarró la mano.

—Me has dado un susto de muerte, mi niña.

—Para mí tampoco ha sido agradable, y la pobre Sharma…

—Se lo tiene merecido si se ha disgustado. Tendría que haberse molestado en recoger lo que han desordenado esos críos salvajes.

—No son niños malos, solo muy activos.

—Si tú lo dices…

Cate no intentó siquiera apartar la mano y él se alegró. Se quedó dormida casi al instante y Brody se dedicó a conducir y pensar.

El verano y la necesidad de volver a Skye llegarían pronto. La época de mayor actividad en su negocio eran los meses de junio, julio y agosto y no era justo que Duncan tuviera que ocupar su puesto todo ese tiempo.

¿Podría volver a Escocia un par de meses y luego estar de vuelta para el nacimiento? ¿Su ausencia durante ese tiempo generaría una fisura irreparable entre Cate y él? Todavía se sentía culpable por haberla dejado la primera vez, en octubre, lo cual no tenía sentido porque en ningún momento Cate había esperado que se quedase y él no le había prometido nada.

Llegaron a Asheville en hora punta. Aunque rodeada de montañas, era una ciudad y todo el mundo tenía prisa por llegar a casa al salir del trabajo.

Había buscado restaurantes en la zona y había encontrado uno que prometía una buena cena romántica y que era en realidad el comedor de un hotel boutique. Que no fueran vestidos de manera formal no importaría, teniendo en cuenta que solo eran las cinco.

—Es precioso —dijo Cate sonriendo.

—Esperaba que te gustase.

Estaban sentados en un rincón parcialmente oculto tras unos árboles florales.

—No me juzgue por este pedido —le dijo Cate a la camarera con vergüenza—. Estoy comiendo por dos y no he almorzado nada.

—Tranquila, cielo. Yo he tenido tres hijos. Es mejor que te mimes y te dejes mimar ahora porque luego todo va cuesta abajo.

Brody le pasó el cesto de panecillos recién hechos mientras la camarera se marchaba.

—Espero que estuviera bromeando.

—¿Y cómo lo voy a saber?

—¿Estás asustada, Cate? —era algo que llevaba días queriendo preguntarle.

Untó mantequilla y le dio un mordisco al pan.

–¿Asustada? La verdad es que no. Más bien estoy nerviosa y abrumada.

A Brody le preocupaba que no tuviera ni madre ni una hermana que la ayudasen, y su abuela tampoco sería de mucha ayuda; había tenido a su único hijo hacía décadas y todo lo relacionado con los bebés había cambiado desde entonces.

Entre plato y plato sacó temas de conversación insustanciales, pero cuando terminó la cena y solo les quedaba por tomar la deliciosa crema de queso y caramelo que les acababan de servir, aprovechó que durante un rato los camareros no los interrumpirían y dijo:

–Tengo que volver a Escocia pronto, Cate, pero quiero que te cases conmigo antes de que me marche. No para poder controlarte, sino porque quiero tener derechos legales para poder protegeros al niño y a ti.

–¿Por qué, Brody? No sé por qué te preocupa tanto protegerme si ni siquiera te has molestado en estar conmigo en la clínica. Estaba preocupada y ¿tú dónde estabas?

–¿Ahora esto es culpa mía? He estado dando vueltas de un lado para otro. Quería estar contigo, claro que sí, pero no me han dejado entrar.

–Ah, no lo sabía.

–¿Y por qué no le has dicho a alguien que saliera a buscarme?

–He dado por hecho que estabas bien donde estabas.

Cate, que llevaba un suave jersey de algodón a juego con el color esmeralda de sus ojos, parecía estar a punto de romper a llorar.

–Cásate conmigo, Cate. Por favor. Podemos hacer

110

una breve luna de miel y volver para preparar la habitación del bebé antes de que me vaya. Estaré fuera ocho semanas, diez máximo, y así estaré de vuelta en Candlewick con tiempo de sobra para el nacimiento.

–¿Y cuando llegue el bebé?

Esa era la parte que le hacía un nudo en la garganta y le encogía el estómago.

–Aún no lo sé. Tendrás que confiar en que encontraré el modo de solucionarlo –suponía que era mucho pedir para una mujer cuyas vulnerabilidades se habían construido traición a traición.

–No quiero casarme en una iglesia cuando los dos sabemos que esto no durará.

–Si es lo que quieres, podemos celebrar una ceremonia civil.

–Júrame que nunca intentarás apartarme de mi bebé.

–Tienes mi palabra, Catie. Puedes confiar en mí, lo juro.

Capítulo Trece

Una semana después, Cate estaba frente al espejo de su dormitorio, angustiada. Comprar un vestido de novia para una ceremonia sencilla cuando una mujer estaba embarazada de casi seis meses no era tarea fácil, y menos en un lugar como Candlewick. Y ya que no había tenido ánimos para ir de compras a la capital del condado, había recurrido a comprar tres vestidos por Internet, pero, por desgracia, ninguno le servía.

Intentaba controlar el pánico, pero estaba agotada y a punto de echarse a llorar.

Isobel la instó a sentarse.

—Tranquila, mi dulce niña, vamos a probar otra cosa. ¿Estarías interesada en ver mi vestido de novia? Es de estilo antiguo, claro, pero está bien conservado. Puede que te valga.

—Me encantaría verlo —era imposible que le valiera, teniendo en cuenta lo diminuta que era Izzy, pero no quería herir sus sentimientos—. Claro que sí.

Siguió a la matriarca Stewart por el pasillo hasta la gran suite y, por lo que vio, Isobel no había cambiado nada de la estancia. La pipa de Geoffrey seguía en la cómoda.

La anciana levantó la tapa del arcón de cedro y, con delicadeza, sacó el vestido envuelto en papel de seda y lo dejó sobre la cama.

—Dios mío, lo siento. No pensé que esto me haría llorar. Echo de menos a mi Geoffrey.

Cate la rodeó con el brazo y suspiró.

—Vaya dos, ¿eh? Entre su tristeza y mis hormonas, es un milagro que Brody no haya salido huyendo. ¿Seguro que le parece bien que se case conmigo?

Isobel apoyó la cabeza en su hombro y se secó las lágrimas con un pañuelo con los bordes de encaje.

—Creo que es lo correcto, Cate. El niño merece un nacimiento legítimo. Y en cuanto a vosotros dos, el tiempo lo dirá.

Esas palabras no fueron de gran apoyo para Cate, pero Isobel era una mujer práctica y realista. Había vivido mucho y lo había visto todo.

—No creo que debamos tocar el vestido, señora Izzy. Soy mucho más alta que usted y no tan delgada.

—¡Bobadas! La diferencia de altura hará que te quede un largo perfectamente aceptable para una boda civil. Y, además, no siempre he sido tan escuálida. Empecé a encoger al hacerme vieja.

Cate no pudo evitar reírse.

—Llévatelo al baño y pruébatelo. Tengo la sensación de que te va a sorprender.

Era un vestido de ensueño, romántico y exquisito. Se lo puso y se miró al espejo.

Le quedaba perfecto, gracias en parte al diseño atemporal y al corte, que se ceñía bajo el pecho y después caía suelto deslizándose con delicadeza sobre su vientre. Y el hecho de que el bajo le quedara un poco por debajo de las rodillas demostraba que Izzy había tenido razón. Era de satén en color crema, sin una sola perla o adorno o encaje. Increíblemente perfecto.

Abrió la puerta del baño y salió.

–¡Ay, mi niña! Estás maravillosa. Por favor, dime que te gusta o miénteme si hace falta. Que lleves mi vestido me emociona.

–Claro que me gusta. Me siento como una princesa.

–No te muevas –añadió Isobel dirigiéndose hacia la cómoda–. Tengo otra sorpresa para ti. Cierra los ojos y no mires hasta que te lo diga.

–Sí, señora –al instante, sintió los pequeños dedos de la mujer rozándole el cuello.

–Geoffrey me lo regaló el día de nuestra boda. El pobre casi se arruina, pero estaba decidido a que su futura esposa tuviera un regalo de boda adecuado –giró a Cate hacia el espejo–. Ya puedes mirar, mi niña.

Cate abrió los ojos y dio un grito ahogado.

–¡Es precioso! –el collar de perlas caía justo sobre sus pechos y su color hacía juego a la perfección con el vestido–. Aunque no creo que me atreva a llevarlo, me aterraría romperlo. Pero muchas gracias de todos modos.

–No repliques a los mayores, mi niña. El abuelo de Brody lo eligió y ahora la futura esposa de Brody lo llevará.

–Pero esto no es una boda de verdad, señora Izzy. Me parecería una falta de respeto.

–Estarás legalmente casada de todos modos –le acarició la barriga–. El bebé que llevas dentro lleva la sangre las Tierras Altas, de hombres fuertes y honorables que aman su tierra. Y por cierto, no me puedo creer que estemos en el siglo XXI y todavía no sepamos si es un niño o una niña.

Cate sonrió sin dejar de acariciar las perlas.

–Va a ser una sorpresa para todos. Brody y yo lo queremos así.

–No tiene sentido darle la espalda a la tecnología –farfulló Isobel.

Cate se miró al espejo una última vez y suspiró.

–Bueno, pues supongo que ya está. El vestido y las perlas. Y tengo unas sandalias marfil que quedarán bien. Gracias por hacer esto, señora Izzy. Me ha salvado.

Brody estaba en el vestíbulo de la elegante casa de su abuela forcejeando con el nudo de la corbata. En otras circunstancias habría llevado su *kilt* para el día de su boda, pero ahora se había visto obligado a conformarse con un traje negro hecho a medida. El uniforme de norteamericano rico era perfectamente aceptable, pero él era escocés hasta la médula y debería llevar su *kilt*.

Las dos mujeres de su vida deberían haberse reunido con él hacía quince minutos y el retraso lo estaba poniendo nervioso.

Cuando por fin Cate apareció por el pasillo, se quedó sin aliento.

–Ca… Cate.

–Hola, Brody –respondió ella con una tímida sonrisa–. Ya casi estamos listas. Tu abuela ha olvidado ponerse el audífono.

–Estás increíble.

La melena le caía como oro líquido en suaves ondas.

–Es el vestido de boda de tu abuela. Me lo ofreció

porque no pude encontrar nada que me sirviera. No es demasiado, ¿verdad?

Sus grandes ojos verdes lo miraban fijamente.

–En absoluto. Pareces una *madonna* –quería decirle más, pero no quería adentrarse en terreno íntimo cuando no iban a estar solos.

Isobel llegó al momento y se pusieron de camino a la capital del condado.

La tradición de que el novio no viera a la novia antes de la boda en esta ocasión no resultaba práctica porque Brody era el único que podía llevarla al juzgado. Le había preguntado si quería invitar a alguien a la ceremonia y ella había respondido que no, lo cual le había dejado preocupado. ¿No debería tener Cate al menos un par de amigas jóvenes en las que confiar?

Cuando ya en el juzgado les llegó su turno, estaba tan nervioso que necesitó tres intentos para encontrar el anillo. De pronto, nada de lo que estaban haciendo le parecía bien, y Cate se percató de su inquietud.

–¿Brody? ¿Estás seguro de esto?

–No quería que fuese algo tan frío.

–Necesitabas legalizar la situación y con esto te bastará.

Al momento el juez empezó a hablar, aunque él estaba tan abrumado que apenas podía oír lo que decía. Lo único que captó fue «con este anillo yo te desposo». Repitió las palabras y deslizó el anillo sobre el esbelto dedo de Cate mientras pensaba que le habría gustado regalarle también un anillo de compromiso.

Ella cerró el puño y exhaló profundamente. Para su sorpresa, había llevado un anillo también para él: uno ancho y con un patrón gaélico en el borde. Cuando le tomó la mano y se lo puso, el roce de sus dedos le hizo estremecerse.

De pronto la deseaba. Intensa e inapropiadamente, dadas las circunstancias. Esperando que la chaqueta ocultara el estado de su excitación, le sostuvo la mano mientras escuchaban las últimas palabras del juez.

Por fin todo terminó. La abucla lloró y los abrazó. Cate sonrió, aunque estaba pálida. Demasiado pálida. La agarró por los hombros con delicadeza y le susurró:

–Feliz día de boda, señora Stewart –la besó profundamente mientras el corazón le palpitaba con fuerza contra el pecho. Los labios de Cate se aferraron a los suyos y su perfume le llenó los pulmones.

–Sí, señor Stewart.

–Dile lo de la sorpresa, Brody –dijo Isobel con lágrimas de emoción–. Díselo.

–¿Sorpresa?

Brody la llevó a un rincón de la sala y, antes de hablar, la besó en la sien porque no lo podía evitar; tocarla era una adicción.

–La señora Tompkins se va a quedar unos días con Isobel porque he reservado una luna de miel de cuatro noches en Cayo Hueso. La abuela te ha hecho el equipaje, está en el coche.

–No es necesario. Sabes que esta boda no es real.

Él controló su furia como pudo.

–No te confundas, Cate. Estamos casados.

–De momento –respondió ella con terquedad, aunque también con expresión de pánico.

De pronto, la ira de Brody se desvaneció. La pobre Cate parecía sobrepasada.

–Todo el mundo sabe que la vida con un recién nacido es complicada y caótica. Si te hace sentir mejor, piensa en esto como una escapada relajante antes de la llegada del bebé.

—No estoy segura de que me apetezca volar en mi estado.

—He alquilado un jet privado. Así tendrás intimidad y espacio de sobra para encontrarte cómoda.

—Supongo que has pensado en todo.

—No te voy a obligar, Cate. Puedo cancelarlo si es lo que quieres.

Ella acarició la rosa blanca que llevaba en la solapa de la chaqueta. Brody le había comprado un enorme ramo con las mismas rosas blancas, fresias y eucalipto.

—Nunca he estado en Cayo Hueso.

—Yo tampoco. Podemos explorarlo juntos.

—¿Y compartir cama? —esos ojos de gata lo miraron suavemente.

—Es una luna de miel.

La tensión sexual bullía entre los dos. Por un momento él se imaginó levantándole la falda del vestido y tomándola allí mismo contra la pared.

—Sí o no, Catie. ¿Qué me dices?

Estaba tan cerca de ella que podía ver el profundo valle que se formaba entre sus pechos.

—Llévame a Cayo Hueso, Brody. Quiero estar a solas contigo antes de que vuelvas a Escocia.

Capítulo Catorce

Exceptuando porque estaba embarazada de seis meses, Cate se sentía como la princesa de un cuento de hadas.

Durante el breve trayecto hasta el aeropuerto de Asheville, Brody se comportó. Cuando la había abrazado y besado tras la ceremonia, había notado su excitación y saber que la deseaba tanto ayudaba a disipar un poco sus dudas.

Al llegar, subieron inmediatamente a bordo del lujoso jet y se acomodaron. Brody sirvió dos copas de sidra y brindaron. Estaba increíblemente guapo con su traje sastre que encajaba a la perfección en su cuerpo masculino y atlético.

Bebió, estaba sedienta. Y también hambrienta, ya que antes de la ceremonia había estado demasiado nerviosa para comer.

–¿Son sándwiches?

–Sí –Brody sonrió–. Esta noche tendremos una cena especial, pero de momento nos valdrá con esto.

Cate se alegró de ponerse a comer porque así podía ignorar a Brody hasta cierto punto. Solo un estrecho pasillo separaba sus asientos y su presencia la ponía nerviosa. En ese punto de su relación, lo que sentía por él era una mezcla extraña de ilusión y miedo.

Por suerte, cuando terminó, tuvo bastante entretenimiento mirando por la ventanilla. Estaban sobrevolando la costa y podía ver kilómetros y kilómetros de océano resplandeciendo bajo ella.

—¿Cómo estás, Cate? —le preguntó Brody de pronto, sobresaltándola.

—Bien, supongo.

—No es una afirmación muy entusiasta para ser el día de tu boda.

De repente, sintió ganas de llorar.

—Déjalo, Brody. No finjas. Ya me siento como un fraude y lo único que harás será empeorarlo.

—Cate, este matrimonio es real. Puede que no hayas tenido diez damas de honor y un cuarteto de cuerda, pero eres mi esposa.

—No sé por qué nos has hecho hacer esto —a pesar de haber intentado contenerse, se echó a llorar.

—Yo no te he forzado a nada en ningún momento, Cate. Eso no es justo.

—Lo siento. Tienes razón. Han sido una semanas complicadas. A riesgo de que suene a cliché, estas hormonas de embarazada me están volviendo loca.

—¿Por qué no descansas? Te despertaré cuando aterricemos.

Cuanto más se acercaban a Cayo Hueso, más inquieto y furioso se sentía. Era el único culpable, la había presionado demasiado.

Se había mostrado más cómoda con él en octubre, cuando apenas se conocían, pero ahora esos ojos de gata desconfiada no dejaban de observarlo. ¿Qué estaría pensando? ¿Por qué no podía relajarse y confiar en él?

La observó mientras dormía. No era de extrañar que la hubiera deseado desde el primer momento. Era exquisita. Piel cremosa y rasgos clásicos. Llevaba el pelo en un atractivo recogido y ya se estaba imaginando quitándole cada horquilla hasta que sus suaves ondas cayeran sobre sus manos. Cuando hacían el amor y ella estaba encima de él, esa cortina de cabello caía sobre sus voluptuosos pechos. Esa imagen que tenía en el cerebro le mandó una señal a su entrepierna, turbándolo aún más. Para él, el sexo era el punto en el que conectaban. Tal vez si lograba mantener en la cama a Cate durante los próximos cuatro días, encontrarían suficientes cosas en común para sobrevivir a ese matrimonio.

—Aterrizaremos en breve, señor Stewart —dijo el copiloto interrumpiendo sus atribulados pensamientos.

—Gracias.

Le tocó el brazo a Cate con delicadeza.

—Despierta, Cate. Ya casi hemos llegado.

Ella se despertó lentamente.

—Tan pronto.

—Has estado durmiendo mucho rato.

—Lo siento.

—Me alegro de que hayas descansado. Mira, Cate, te propongo una tregua. A los dos nos vendrán bien unas vacaciones, ¿no?

—Absolutamente.

—Pues entonces vamos a comprometernos a no hablar ni de la boda ni del bebé. Seremos solo dos personas que huyen de casa para divertirse un poco al sol.

Cate levantó la mano donde llevaba el anillo.

—¿Entonces se supone que me tengo que olvidar de esto?

–Quítatelo si quieres.

–No me lo quiero quitar, Brody –dijo agarrándole las manos–. Pero me gusta tu idea. No más riñas hasta que volvamos a Carolina del Norte. Trato hecho.

Sentir sus cálidos y esbeltos dedos entrelazados con los suyos le removió algo por dentro.

–¿Crees que podremos estar cuatro días enteros sin discutir? –bromeó.

–Haremos todo lo que podamos –respondió Cate sonriendo.

Después de eso, la tarde mejoró.

Cayo Hueso, con su arrecife de coral, sus brillantes aguas azules y sus brisas tropicales, era un paraíso para artistas, músicos, escritores y turistas como ellos dos.

A pesar de su acuerdo de no hablar de la boda, los empleados del hotel estaban preparados para agasajarlos con todo tipo de detalles nupciales. Una vez dejaron solos a los recién casados en la increíble suite, Cate abrió las puertas dobles de cristal y exclamó:

–¡Brody, esto es impresionante!

El aire era cálido y estaba cargado del aroma de las buganvillas.

–Me alegro de que te guste. Pensé en alquilar una habitación en un hostal, pero decidí que podíamos disfrutar de algo más de privacidad en un hotel así.

–Lo dices por el sexo, ¿no?

–Tú eres la escandalosa.

Cuando Cate se rio, algo dentro de él se relajó. Si lograban que su relación se desarrollase así esos días, el coste emocional y económico del viaje habría valido la pena.

–He reservado la cena para las siete, ¿te parece

bien? Ya que es la primera noche, he pensado que podríamos cenar aquí en el hotel.

–Me parece perfecto. Me daré una ducha y me cambiaré.

–Podrías llevar ese vestido –dijo. Odiaba la idea de que se lo quitara.

–Está arrugado y sudado –le entregó el collar de perlas–. Guarda esto en la caja fuerte, por favor.

Él lo dejó encima de una mesa.

–Ven aquí. Hace horas que no te beso.

La acercó a sí y la besó. Besar a Cate Everett, su amante, era una cosa; besar a Cate Stewart, su esposa, fue otra completamente distinta; sentimientos que no se había esperado lo golpearon por todas partes. Dulzura. Sentimiento de protección. Un deseo insistente y salvaje.

Contuvo su excitación con gran esfuerzo mientras Cate se abrazaba a él.

–Tengo la piel demasiado clara para estar mucho tiempo al sol, así que creo que tendremos que pasar mucho tiempo en nuestra suite.

–En la cama.

Ella se le acercó más y el roce de la suave tela de su vestido contra su traje creó una erótica fricción que amenazó con abrasarlo por dentro.

–Sí –respondió ella con un suspiro.

Desesperado, la apartó con delicadeza.

–Creo que deberíamos ir con cuidado –no quería que lo acusara de usar el sexo para salirse con la suya.

–Creía que los recién casados lo hacían como conejos.

–¿Y tú qué sabes? ¿Acaso has estado de luna de miel alguna vez?

–No. ¿Y tú?

–No, pero estoy seguro de que el novio tiene que ponerle algo de romanticismo a la situación antes del evento principal.

–El romanticismo está sobrevalorado.

Él le acarició la cara.

–A lo mejor dices eso porque no has estado con la persona adecuada, pero es posible que usted y yo seamos la combinación perfecta, señora Stewart.

–Se suponía que no íbamos a hablar de nuestro nuevo estado civil.

–Has empezado tú. Ve a darte una ducha. Te espero aquí –la esperaría para siempre, si hiciera falta.

Capítulo Quince

Cate se quitó el vestido de boda con melancolía. Hoy, pronunciando sus votos matrimoniales, se había sentido preciosa y deseada. Que su relación con Brody fuera más sexual que una relación propia de dos almas gemelas que estarían juntas para siempre era algo que no le preocupaba.

Estaba en Cayo Hueso con un hombre guapo y sexi que quería hacer el amor con ella sin parar durante cuatro días, y eso era algo que subía mucho la autoestima de una mujer, sobre todo cuando no dejaba de engordar y le estaban apareciendo pequeñas estrías.

El cuarto de baño era lujoso y precioso. Se enrolló una toalla en el pelo para no mojárselo y se metió en la ducha con un suspiro de placer. Mientras se lavaba con el caro gel del hotel, se excitó pensando en las horas que estaban por venir. ¿Era normal que se sintiera tan excitada, tan fuera de control? Pensar en sus manos acariciándole los pechos hizo que le temblaran las rodillas.

Cuando salió y se secó, ojeó su nueva colección de ropa premamá. Era su noche de bodas y quería estar especial. Desde que se había unido a un par de redes sociales de futuras mamás, había descubierto todo tipo de consejos útiles, entre ellos la marca de un diseñador conocido por crear vestidos para ocasiones especiales con cinturas regulables para mujeres embarazadas. Se había comprado un favorecedor vestido de gasa que le llegaba a los tobillos, con tirantes finos de hilo metálico dorado y una mezcla de colores impresionantes.

Después de retocarse el maquillaje, se miró de nuevo al espejo. Los ojos le brillaban de emoción. Tal vez Brody tenía razón. Una vez llegara el bebé, pasaría mucho tiempo hasta que tuviera la libertad de la que gozaba ahora, y tenía sentido disfrutar de ese viaje.

Se dirigió a la zona del salón con la esperanza de sorprenderlo, pero fue ella la que se sorprendió. Brody estaba tirado en el sofá profundamente dormido. Se había desabrochado la camisa dejando a la vista un tentador y duro abdomen masculino.

Tenía un físico impresionantemente atlético, probablemente de tanto navegar.

Se arrodilló a su lado. Sus pestañas eran largas y espesas y su nariz, recta y masculina. Si su bebé era un niño, quería que se pareciese a él.

De pronto, sin previo aviso, la verdad la inundó, arrastrándola a un mar de consternación. Estaba enamorada de Brody Stewart.

Se quedó allí sentada, a su lado, tal vez una hora. A pesar de estar viviendo un momento tan dulce, sabía que nunca lo tendría todo de él. Lo sabía y lo aceptaba. Al igual que sabía y aceptaba que la abandonaría y le rompería el corazón.

Por fin él se despertó y esas pestañas de estrella de cine se elevaron lentamente.

–Lo siento. Debía de estar más cansado de lo que creía.

–No pasa nada –respondió ella forzando una sonrisa–. Me gusta verte dormir.

–¿Eso no suelen decirlo los hombres?

Lo besó.

–Creo que estamos inventando nuestras propias reglas.

—Me gusta el vestido. Estoy deseando quitártelo.

—Primero la cena –le recordó, intentando evitar que viera lo deshecha que estaba. Tendría que controlar bien las emociones porque, de lo contrario, Brody notaría que le pasaba algo.

Era fuerte. Podía sobrellevar muchas situaciones difíciles, pero que Brody supiera que estaba enamorada de él no era una de ellas. Se negaba a ser la pobre mujer que le suplicaba amor.

Se levantó con toda la elegancia que pudo, dadas las circunstancias, y le tendió una mano para levantarlo.

—La ducha es toda tuya.

–¿Estás bien, Catie?

—Estoy genial. Pero si tardas mucho más, voy a bajar a cenar sin ti.

—Ya voy, ya voy.

Un largo rato después, Cate estaba bostezando.

—He comido demasiado.

—Ha sido una cena buenísima.

Durante la cena habían hablando de trivialidades, pero ahora Cate quería saber más de él.

—Háblame del océano. ¿Cómo terminaste tan enamorado de los barcos?

Brody se terminó su copa de vino y la miró.

—La verdad es que no lo sé. Mis padres no tenían barcos, pero muchos de sus amigos sí. Supongo que cuando era muy pequeño pasé mucho tiempo en el mar con gente que conocíamos.

–¿Y no era peligroso que un niño tan pequeño navegara?

–No, si sabe seguir las normas. Con trece años ya sabía navegar solo en una embarcación pequeña. Skye es un lugar pequeño, todo el mundo se conoce y para los adolescentes el aislamiento y la falta de entretenimientos puede resultar asfixiante. Para mí salir a navegar era una forma de escapar. Había un mundo más grande ahí fuera.

–¿Y al final tu pasión se convirtió en un negocio?

–Sí. Fui a la universidad en Edimburgo y estudié Empresariales, y cuando volví a Skye, compré mi primer buque pesquero. Era pequeño, estaba sucio y apestaba a pescado podrido, pero al segundo año ya le estaba sacando provecho. Ganarme la vida desde el mar es muy satisfactorio.

–Pero técnicamente ya no desempeñas ese trabajo, ¿no? Has tenido mucho éxito.

–Podría quedarme sentado en casa contando mi dinero, si es a lo que te refieres, sí. No me necesitan a diario. Las distintas actividades marchan bastante bien sin mí, pero un barco sin capitán al timón puede perder el rumbo y soy yo el que tiene que tomar las decisiones importantes.

–Entiendo…

Para ser sincera, habría contemplado la idea de mudarse a Escocia permanentemente por un hombre que la amara con toda su alma, pero ese hombre no era Brody y jamás había insinuado la posibilidad de que ella se trasladara.

Suspirando por dentro, se terminó su tarta de lima.

Brody llamó al camarero para que les llevara la cuenta.

—No queremos perdernos la puesta de sol.

Fuera la noche era húmeda, pero no terriblemente sofocante como lo sería en verano. El sol, enorme y de un tono rojo dorado, fue descendiendo en el cielo, besó el horizonte y se hundió en el océano con un impresionante estallido de color.

—He de admitir que aquí la puesta de sol es espectacular —dijo Brody rodeándola por la cintura y besándola en la sien.

Paseando, llegaron a la encantadora zona comercial. La famosa calle Duvall estaba llena de tiendas peculiares y restaurantes exclusivos.

Brody la detuvo.

—Quiero entrar ahí —dijo señalando una elegante joyería.

—¿Por qué?

—No te hagas la ingenua. Quiero comprarte un regalo de boda. Es más, es algo que debería haberte regalado antes.

—Pero...

Brody ignoró su protesta y la llevó dentro. El propietario miró al alto y bien vestido escocés y les dio la bienvenida con una sonrisa.

—¿En qué puedo ayudarles, señores?

—Necesitamos un anillo de compromiso. Hemos celebrado una boda rápida y esta novia se merece una joya tan especial como ella.

—No, Brody —susurró Cate. Una boda falsa no requería joyas.

Él la ignoró.

—Me gustaría ver alguna esmeralda para que haga juego con sus ojos.

—Por supuesto —el hombre abrió una vitrina y sacó una pieza. Era de un verde intenso y brillante.

—Muy bonita.

—Brody, no necesito nada tan caro. Es suficiente con el anillo de boda que me has comprado.

—Pues para mí no lo es —y dirigiéndose al dependiente añadió—: ¿Origen? ¿Peso?

—Colombia. Tres quilates. De las mejores piezas que he visto en los últimos veinte años.

—¿Te gusta, Catie? Si lo prefieres, puedo comprarte un diamante.

—No. Nada de diamantes. La esmeralda es increíble. Pero en serio, Brody...

Él ya se había dado la vuelta y estaba observando la bandeja de engastes de platino. Cuando eligió uno, el dependiente anotó algo en un pedacito de papel y se lo mostró. Brody asintió y, sin más, le dio la tarjeta de crédito.

—Lo tendré listo en una hora —el hombre prácticamente estaba dando saltos de alegría.

Una vez fuera de la tienda, Cate le dijo nerviosa:

—Sé que ese anillo cuesta una fortuna, Brody. No necesito un anillo de compromiso.

—Demasiado tarde.

—Lo devolveré cuando el matrimonio termine.

Por un instante pudo ver fuego en los ojos de Brody, pura furia, pero él se controló rápidamente.

—Es un regalo entre amantes. Hemos decidido no hablar de otros temas, ¿lo recuerdas?

Lo miró a los ojos intentando ver si en ellos percibía algo además de deseo.

—Lo siento. No estoy acostumbrada a que un hombre me haga esta clase de regalos.

—Esto también es muy nuevo para mí. ¿Quieres ir al hotel mientras esperamos a que el anillo esté listo?

Ella se puso de puntillas y lo besó en la boca.

—El médico me ha dicho que me viene bien caminar. Hace una noche perfecta y me apetece pasear.

—Bien, entonces vamos a pasear.

Para Cate fue una noche llena de magia. Duvall Street estaba abarrotada de gente que iba y venía entre flores tropicales. Música, risas y conversaciones llenaban el aire.

Brody le agarró la mano con fuerza como si temiera que fuera a desaparecer entre la multitud y ella cerró su mente al pasado y al futuro para centrarse en el presente. Pasara lo que pasara, conservaría los recuerdos de esa noche.

Al cabo de un rato volvieron a la joyería, donde los esperaba el propietario con una pequeña bolsa negra y dorada.

—Todo listo, señor Stewart. Lo he metido en una de nuestras mejores cajas, aunque imagino que a la señora le gustará ponérselo.

—No sé que querrá la señora, pero yo sí que quiero ver la esmeralda en su dedo.

Abrió la caja, sacó el anillo y se metió la caja en el bolsillo de la chaqueta. Se arrodilló y le agarró las manos.

–Lo he hecho todo mal, Catie, pero ¿quieres casarte conmigo? –con delicadeza, le puso el anillo en la mano izquierda junto con la alianza de boda.

–Oh, Brody.

El anillo era exquisito, la joya más bonita que había visto en su vida.

–No me voy a levantar de este suelo tan duro hasta que me des una respuesta.

Cate se rio.

–Sí, señor Stewart.

Finalmente, él se levantó y la besó sin preocuparle que los estuvieran observando.

A Cate le dio un vuelco el estómago. Demasiadas emociones para una noche.

–Brody –susurró–, vamos a nuestra habitación.

–Reconozco una buena oferta cuando la oigo.

De camino al hotel, sin embargo, las dudas volvieron a asaltarla. ¿Cómo podía hacer el amor con él y protegerse al mismo tiempo? ¿¡No era terrible que uno amara y el otro no!?

Al entrar en la suite, la situación se volvió algo incómoda. Ya habían cenado y ahora lo único que quedaba por hacer era eso que hacían los recién casados en su noche de bodas.

El corazón le latía tan rápido y tan fuerte que temía desmayarse. Brody, que debió de darse cuenta, le rodeó la cara con sus cálidas manos.

–Estás temblando, Catie. ¿Qué te pasa? Cuéntamelo.

–No me pasa nada –mintió–, pero me he casado hoy y las cosas han cambiado –«y ahora sé que estoy enamorada de ti».

Él la abrazó contra su pecho y le acarició el pelo.

–No ha cambiado nada, mi niña. Nos deseamos y vamos a pasar una larga y maravillosa noche juntos. No ha cambiado nada, te lo juro.

Brody estaba intentando reconfortarla, pero cada palabra que pronunciaba recalcaba la amarga verdad. Para él ese era un matrimonio de conveniencia y podía ignorar las implicaciones del certificado de matrimonio y los votos porque para él no significaban nada. No estaba enamorado de ella.

Para Cate, sin embargo, todo era dolorosamente distinto.

Capítulo Dieciséis

Brody sabía que algo iba mal, pero no sabía cómo solucionarlo. La notaba tensa, prácticamente rígida bajo su abrazo, y su angustia era palpable. Le acarició el pelo y le susurró palabras reconfortantes en gaélico hasta que su cuerpo se relajó. Solo entonces la levantó en brazos y la llevó al dormitorio.

Aunque su instinto era tenderla sobre la cama cubierta de encaje y tomarla salvajemente, contuvo su deseo. No le arruinaría a Cate la noche romántica que toda mujer esperaba en su noche de bodas.

La dejó en el suelo y jugueteó con los finos tirantes de su vestido.

–¿Llevas algo debajo de este vestido, Catie?

Por fin, una sonrisa le rozó los labios.

–No mucho. Eres libre de explorar.

Él respiró hondo y exhaló lentamente mientras le bajaba el vestido hasta la cintura.

–Sigo sin acostumbrarme a estas curvas –le acarició los pezones con los nudillos y le cubrió sus cálidos pechos con las manos.

Cate seguía sin moverse y su mirada era de abatimiento.

–Mírame, mi niña.

Cuando lo miró, vio asombrado que su Cate estaba tan excitada como él. Le brillaban los ojos y tenía las mejillas encendidas. Con delicadeza, le acarició los pezones y el gemido que Cate emitió fue directo a su entrepierna y endureció aún más su erección.

–No te muevas.

Apresuradamente, se quitó la camisa y la corbata. Cate posó la mirada en su torso y puso una mano sobre el punto donde el corazón le latía con fuerza.

–Eres un hombre hermoso, Brody Stewart –susurró acariciándolo hasta que él sintió que no podía respirar.

¿Cuándo llegarían a la cama? Estaba perdiendo el control.

–¿Puedo? –preguntó Cate agarrando la hebilla del cinturón.

Se quedó paralizado cuando le rodeó el miembro con la mano y sus dedos le acariciaron y apretaron con una cuidadosa reverencia que lo desarmó.

–Cate…

Volvió a tomar las riendas y terminó de desnudarla. Su exuberante cuerpo era increíblemente precioso y excitante. De adolescente había entendido el deseo de un hombre por una mujer, pero no la necesidad profunda y desgarradora de complacer a una mujer.

Se quitó los zapatos y los calcetines. Su erección le rozaba el vientre y Cate lo miró ligeramente asombrada, como si nunca lo hubiera visto así.

Era su noche de bodas y ella se merecía que la cortejara y le hiciera el amor con toda la delicadeza posible.

–Ven conmigo.

La levantó en brazos y la llevó hacia la cama. Tocar su cuerpo desnudo le achicharró el cerebro.

Se sentía como un cavernícola con una delicada princesa.

—Eres lo más bonito que he visto en mi vida. Cuando te vi en octubre por primera vez, supe que ibas a traerme problemas —dijo con tono de broma, aunque la verdad de esa afirmación lo removió por dentro. Había algo en Cate Everett que lo volvía loco.

—¿Vamos a estar hablando toda la noche? —le preguntó ella al quitarse las sandalias.

—Espero que no —contestó Brody con una carcajada.

La tendió en la cama y se tumbó a su lado. Comenzó a acariciarla como si quisiera aprender sus curvas y sus valles.

—¿Podemos hacerlo? ¿Tenemos que tener cuidado con el bebé?

—No más del habitual.

De pronto, deseó tenerla encima.

—¿Qué tal así para empezar? —se tumbó boca arriba y la ayudó a sentarse encima de él.

—¿Estás seguro, Brody? Debo de parecer una vaca desde este ángulo.

—No seas absurda. Te deseo tanto que estoy temblando, Cate.

—Vale, de acuerdo. Creía que solo intentabas ser amable.

Él le agarró los dedos y se los puso alrededor de su rígido sexo.

—No hay nada de amable en esto. Voy a tomarte ahora.

Le sujetó las caderas y la guio hacia su erección. El cuerpo de Cate lo recibió con entusiasmo, adaptándose a él y cubriéndolo de un calor húmedo.

Brody cerró los ojos e intentó respirar y contenerse. Aún no. Aún no.

Cate se inclinó hacia delante y apoyó las manos en su torso.

–¿Brody? ¿Estás bien? Tienes una cara rara.

Él se empezó a reír y cada vez que soltaba una carcajada, su cuerpo se deslizaba otro milímetro dentro del de Cate.

–Me estás matando, Catie. Soy como un chico novato con su primera mujer.

Cate meneó las caderas y gimió.

–Haz algo, muévete, por favor.

Y entonces vio que su preciosa Cate estaba tan perdida por el deseo como él.

–Sí –fue lo único que logró decir.

–Más. Más, Brody.

Brody perdió el sentido y su idea de una noche de bodas romántica se esfumó. La pasión lo consumía junto con el deseo de hacerla suya. Sujetándola por las caderas, la deslizaba arriba y abajo de su erección.

–Cate. ¡Dios, Cate! –el clímax lo azotó, dejándolo rígido al principio y después relajado de placer. Como pudo, encontró el punto de placer de Cate y lo frotó.

Ella se desmoronó y gritó su nombre.

Después se quedaron tumbados el uno al lado del otro, abrazados.

Cate flotaba en una nube de satisfacción cuando se dio cuenta de que los tonos rosados y dorados del amanecer se habían colado en la habitación. Solo habían dormido a ratos. ¡Ese hombre era insaciable! Sonriendo, miró a su marido, que dormía claramente agotado tras tantas horas de extenuante actividad. Seguro que sentía algo por ella. Era tan dulce, tan tierno… Incluso en mitad de la noche, cuando estaban medio dormidos, había jugueteado con su pelo.

A regañadientes, se levantó y fue al baño. Se aseó, se puso uno de los bonitos albornoces del hotel y se peinó. Aunque sería genial pasar todo el día en la cama, era una pena no seguir viendo más de Cayo Hueso.

Al volver al dormitorio, Brody estaba despierto y mirando el teléfono. La tensión que percibió en su mandíbula le dijo que no estaba de tan de buen humor como ella.

—¿Brody, qué pasa?

—Ha habido un accidente en Escocia. Uno de nuestros barcos ha chocado contra otro en el puerto de Skye. Hay múltiples heridos y puede que haya víctimas mortales.

Se acercó y lo abrazó.

—Lo siento mucho. ¿Hay algo que pueda hacer?

Brody se levantó y empezó a vestirse apresuradamente.

—Tengo que volver.

—¿A Escocia? Estamos de luna de miel. ¿No se puede ocupar Duncan?

—Es posible que nos demanden.

—¿No tenéis un seguro?

—Cate, no me estás escuchando. No lo entiendes. Si las víctimas empiezan a demandarnos, podría perderlo todo. ¡Todo!

Tal vez no lo había entendido la primera vez, pero ahora sí. Cuando Brody pronunció la palabra «todo», quedó claro que no los incluía al bebé y a ella, sino a todo lo que tenía en Escocia, que era lo que de verdad quería. Su mujer y su hijo no eran más que dos inconvenientes.

Desde el principio había sabido que amar a Brody y perderlo le haría daño, pero no había esperado que todo fuera a terminar tan pronto.

Las siguientes horas pasaron en una nube de frustración e incredulidad y Brody estuvo al teléfono constantemente para intentar cambiar los billetes y conseguir unos nuevos. A mediodía subieron a un avión en Fort Lauderdale y, al aterrizar, la llevó apresuradamente a otra terminal. Le entregó un billete.

—Te he reservado un asiento en primera clase para Asheville y allí te recogerá un coche para llevarte a Candlewick. Siento lo de Cayo Hueso, Cate. Iremos en otro momento.

Ella ocultó su dolor y desesperación.

—Claro. ¿Cuándo sale tu vuelo?

—En cuatro horas, pero desde Miami. He alquilado un coche, así que será mejor que vaya a recogerlo.

—Sí, deberías irte.

La agarró de los hombros y le besó la frente.

—Cuídate. Te llamaré pronto.

—Adiós, Brody —se obligó a alejarse de él calmada, derecha y sin llorar.

Cuando entró en la zona de espera y se sentó, esperó diez segundos y después giró la cabeza para buscarlo.

Brody se había ido.

Capítulo Diecisiete

Brody solo era capaz de centrarse si controlaba sus sentimientos y aislaba los recuerdos y detalles de la increíble noche que habían vivido. No quería pensar en Cate. No podía.

Después de devolver el coche de alquiler, había tomado un vuelo hasta Londres y luego otro de ahí a Glasgow y ahora, al cabo de doce horas, estaba en la puerta de su hermano.

—¿Qué estás haciendo aquí? —preguntó su hermano impactado al abrir la puerta.

Brody entró y se tiró en el sofá.

—Ponme al tanto del accidente.

—Culpa nuestra, sin duda. Ha sido el chico nuevo que contrataste hace cuatro meses. Su mujer lo echó de casa, se tomó demasiadas pintas en el pub antes de subir a bordo y el resto es historia.

—¿Las víctimas?

—Estables. Once en total. Hay niños.

—¡Joder!

—Exacto. No me puedo creer que no hayas confiado en mí para manejar la situación.

—He volcado en este negocio todo lo que tengo y mis barcos son una extensión de mí. Tenía que estar aquí. No porque no confíe en ti, sino porque… —se detuvo. «Porque estar con Cate me estaba aterrando y he aprovechado este desastre para poner algo de distancia entre los dos». Respiró hondo–. La cuestión es que he venido a ayudar.

–Ahora mismo no hay nada que puedas hacer.

Justo en ese momento sonó el teléfono y, al contestar, a Duncan le cambió la cara.

–Claro, abuela. ¿Quieres hablar con Brody? –la mujer respondió tan alto que Duncan se apartó el teléfono de la oreja–. Se lo diré. No te preocupes.

–¿Qué pasa?

–Cate está en el hospital –le dijo con gesto apesadumbrado–. Ha tenido una hemorragia. El médico dice que puede perder el bebé.

Cate estaba en la cama del hospital intentando no pensar en Brody ni en la posibilidad de perder al niño. Estaba sola y las lágrimas le caían por la cara.

Hacía horas que le había dicho a Isobel que volviera a casa. Llevaba dos días hospitalizada y la anciana debía de estar agotada. Le había llevado un montón de tarjetas que le habían enviado los vecinos de Candlewick y, en medio del miedo y del pánico, la conmovió ver que en realidad tenía amigos que se preocupaban por ella. Se había aislado emocionalmente tanto durante los últimos cinco años que era un milagro que no los hubiera ahuyentado a todos.

Un suave sonido desde la puerta la hizo alzar la mirada.

–Cate –dijo Brody.

Sacudió la cabeza; le parecía estar soñando.

–Creía que habías vuelto a Escocia.

—Y lo hice. Pero a los cuarenta y cinco minutos de llegar, la abuela llamó a Duncan y me fui directo al aeropuerto. ¿Cómo estás?

—¿Tú qué crees? Me has partido el corazón, Brody. Creía que nos estábamos acercando, pero saliste corriendo en cuanto pudiste. Creía que yo formaba parte de todo lo que te importaba. Ahora sé que no y, además, puede que pierda a mi bebé. Te quiero, Brody, pero no importa porque tú ya has hecho una elección.

Su frío tono le hizo palidecer bajo su bronceado.

—Me han dicho que estás sangrando.

—Al parecer, es común. Hay cierto peligro y me han dado medicación. Ahora hay que esperar.

—Te quiero, Cate.

Cate pareció algo asombrada, aunque tampoco especialmente emocionada.

—Vuelve a Escocia, Brody.

—No puedo dejarte.

—Sí que puedes y de hecho lo hiciste. «Todo» lo que te importa estaba en peligro, ¿recuerdas?

—Lo siento, Cate.

—Vete. No te quiero aquí.

—¿Puedes sentir al bebé?

—No voy a hablar de esto contigo. Si lo pierdo, anularemos el matrimonio. Es lo único que necesitas saber.

—También es mi bebé.

En ese momento entró una enfermera porque el monitor de Cate comenzó a pitar.

—Tendrá que marcharse, señor. Hace tiempo que terminó el horario de visitas y está alterando a mi paciente.

—Soy su marido –dijo Brody con desesperación.

–¿Es usted el señor Everett?

–No. Soy Brody Stewart.

–Pues esta mujer está registrada como «Cate Everett», así que le sugiero que se marche antes de que llame a seguridad.

–Díselo, Cate. Dile quién soy.

Cate lo miró impasible.

–No eres nada para mí. Vete.

Brody salió al pasillo casi tambaleándose, se apoyó en la pared y fue deslizándose hasta sentarse en el suelo. Estaba agotado y nunca en su vida había pasado tanto miedo. El agujero negro que le ocupaba el pecho estaba succionando todo atisbo de esperanza que había logrado reunir durante las últimas e insoportables horas.

¿Por qué había tardado tanto en darse cuenta de la verdad?

Cate lo era todo para él y lo había sabido desde hacía meses, pero la verdad le había aterrado tanto que se había mantenido alejado de Carolina del Norte. ¿Cómo podía haber sido tan estúpido? Su torpeza al negarse a reconocer la maravilla que tenía delante lo había echado todo a perder y ahora lo único que podía hacer era rezar por encontrar alguna solución. El fracaso no era una opción.

Por suerte, llegó el cambio de turno y enfermeros y auxiliares pasaron por su lado pero nadie intentó echarlo. Al final su cuerpo se rindió al sueño y se quedó dormido con el llanto en la garganta.

***

¿Por qué los médicos tenían que hacer la ronda tan temprano? Cate había logrado quedarse dormida después de las cinco y ahora, apenas dos horas después, su ginecóloga la estaba despertando.

–Vamos a echar un vistazo –dijo la mujer explorándola con delicadeza–. Por lo que veo, la hemorragia ha cesado por completo y este pequeñín está bailando ahí dentro –añadió con el estetoscopio sobre su tripa–. Creo que está fuera de peligro, pero te dejaremos aquí hasta mañana por la mañana para asegurarnos.

–Gracias, doctora.

La mujer se marchó y Cate rompió a llorar con fuertes y ruidosos sollozos. El alivio que sintió era abrumador.

De pronto, alguien se sentó en su cama y le agarró las manos.

–Lo siento mucho, Catie. Lo siento muchísimo. Por favor, no llores. Verte así me está matando.

–Te dije que te fueras. ¿Cómo has vuelto tan temprano?

–He dormido en el suelo en el pasillo. He visto a la doctora marcharse y te he oído llorar. Lo siento, Cate –la abrazó y la envolvió con esos fuertes brazos.

–Hueles a patatas fritas rancias –dijo ella sin dejar de llorar.

–Llevo tres días con la misma ropa. No me extraña –le apartó el pelo de la cara–. ¿Están seguros de lo del bebé? –preguntó con la voz entrecortada.

–El niño está bien. Estaba llorando de alivio y felicidad.

–¿El niño?

–Quería rezar por el bebé y necesitaba saber si era

niño o niña, así que le dije a la doctora que me lo dijese,
y…

–Un niño…

–Estoy bien, Brody, así que, por favor, márchate.

–Te quiero.

–Ahora que ha pasado el susto, todo volverá a la
normalidad.

–¡No! –le rodeó la cara con las manos y la miró fijamente a los ojos–. Estoy enamorado de ti, Cate.

–No, no lo estás, y lo dejaste muy claro cuando te
marchaste. Te han pasado muchas cosas estos días y
hace tiempo que no tomas un buen desayuno escocés.
Estás aturdido y no sabes lo que dices.

–Tengo la cabeza completamente despejada. Y te
quiero.

–No me apetece oír tus cuentos.

–¿Dónde está el anillo? –preguntó al verle la mano
izquierda desnuda.

–En el hospital no puedes llevar joyas, pero no te
preocupes, lo tiene Isobel. Seguro que puedes venderlo
por eBay. ¿En Escocia hay eBay?

–Cate, escúchame. Te quiero.

–Si te importo lo más mínimo, Brody Stewart, sal de
esta habitación y déjame sola hasta que pueda volver a
Candlewick. Entonces tal vez pueda mantener una conversación civilizada contigo, pero no te prometo nada.

–De acuerdo. Si es lo que quieres… –ningún hombre en su sano juicio seguiría discutiendo con una mujer hospitalizada que había estado a punto de perder a
su bebé.

–Es lo que quiero.

Cuando salió de la habitación, Cate rompió a llorar,

pero sabía que tenía que recomponerse y hacer planes que no incluían a Brody. El bebé sería el centro de su tiempo, su atención y su amor.

Pasó el resto del día viendo estúpidos programas de televisión y hablando por teléfono con Isobel, que no mencionó nada sobre su nieto.

La mañana siguiente a las ocho, la doctora firmó el alta.

—Nada de actividad intensa durante una semana y nada de sexo —añadió con una sonrisa—. He visto a ese musculoso escocés en el pasillo, pero dile de mi parte que se deje los calzoncillos puestos unos días más.

—¡Doctora Snyder! —murmuró Cate avergonzada.

La mujer se rio y abrió la puerta.

—Ya puede pasar.

Brody entró con las manos en alto y gesto de inocencia.

—La abuela me ha dicho que tenía que venir a llevarte a casa. Te he traído ropa limpia.

—Vete al pasillo mientras me visto.

—Ya te he visto desnuda.

El simpático comentario debilitó sus defensas. ¡Estaba siendo tan dulce y delicado con ella! ¿Cómo podía resistirse? Se le llenaron los ojos de lágrimas.

—Lo siento, mi niña —le dijo mientras la abrazaba.

—Lloro por las hormonas. Dame quince minutos para prepararme y nos iremos.

—¿De verdad estás bien? ¿Y el bebé también?

—Los dos estamos bien.

—Bien. ¿Llamo a una enfermera? ¿Necesitas ayuda para vestirte?

—No necesito nada. Márchate, por favor.

Además de la tragedia que había estado a punto de suceder y que la había dejado emocionalmente afectada, tenía que pensar qué hacer con Brody. Adoraba a ese hombre y tras haber visto su reacción ante lo sucedido, sí que creía que el bebé y ella le importaban, pero ¿y el amor? Su declaración de amor le resultaba sospechosa y probablemente motivada por su sentimiento de culpabilidad. No quería un matrimonio de conveniencia. Lo mejor que podía hacer era absolverlo y mandarlo de vuelta a Escocia.

Capítulo Dieciocho

Brody estaba preocupado por Cate. Estaba demasiado callada y, por mucho que lo intentaba, no lograba animarla a salir de su silencio. Finalmente se rindió. Presionarla solo la agobiaría y disgustaría y, aunque le aterrara esa opción, tenía que ofrecerle una salida, demostrarle que no estaba intentando controlarle la vida.

Estaban de camino a casa en el todoterreno que le había comprado y la atmósfera dentro del vehículo estaba cargada de tensión. Detuvo el coche a un lado de la carretera, en una zona arbolada.

–Vamos a salir a estirarnos un poco.

Cate lo miró extrañada, aunque no dijo nada. Apenas llevaban media hora dentro del coche.

–He traído algo de comida –dijo dándole una botella de agua–. La abuela ha pensado que te entraría hambre antes de llegar a casa.

A Cate se le iluminó la cara.

–¿Tenemos algo donde sentarnos?

–Una manta.

Mientras Cate salía del coche y se estiraba, él sacó la cesta de comida y la manta. La tendió sobre la mesa y dispuso los recipientes. La abuela y la cocinera habían preparado pollo asado, ensalada de fruta, cruasanes caseros y té helado.

Comieron en silencio y contemplando las montañas hasta que de pronto Brody dijo:

—¿Estás enamorada de mí, Cate?

—No.

—¿Quieres anular el matrimonio?

—No estoy segura. Creía que querías que el bebé llevara tu apellido.

—Y lo quiero, pero te he hecho demasiado daño, como casi todas las personas que han pasado por tu vida. Así que de ahora en adelante solo quiero lo que quieras tú.

—A mí no me engañas, Brody. Tú nunca permitirías que una mujer tomara las riendas de la situación.

—Lo siento por todo, Cate. Sé que no me crees, pero te quiero.

Por un breve instante vio un atisbo de dolor en sus preciosos ojos verdes y saber que él era el responsable de tanto dolor le revolvió el estómago. Su adorada Cate estaba sufriendo. ¡Mucho! Y él era el culpable.

—Mira, Brody, creo que tienes razón. Tu lugar está en Escocia, y eso me complica mucho la vida, porque no quiero tener a un padre alejado de su hijo.

—Entonces vive allí conmigo, o vivamos en casas separadas. A los escoceses nos encantan las librerías. Viviríamos muy bien.

—Lo hemos estropeado todo tanto que ya no sé qué pensar.

—Tenemos que tomar una decisión, lo sabes.

—Veo la culpabilidad en tu rostro, pero tú no tienes culpa, al menos no más que yo. No te culpo por haberte marchado de Cayo Hueso. De verdad que no. Tal vez al principio sí, pero ya no.

–Cate, yo…

–Necesito tiempo para pensar en todo esto. Tal vez una anulación sea la respuesta. Por favor, llévame a casa para que Isobel vea que estoy bien. No quiero hacerla esperar más.

Brody estaba aterrorizado pero dispuesto a luchar.

–Te daré lo que pidas, pero no voy a dejar de amarte.

Durante una semana entera Brody estuvo aguardando, esperando al momento adecuado.

Le había prometido tiempo y espacio, pero a pesar de sus mejores intenciones, ya estaba desesperado. Ella tenía que saber lo que sentía. Era necesario para la felicidad y el futuro de los dos.

Ahora estaba en el pasillo con la cabeza apoyada en la puerta del dormitorio de Cate, sin poder aguantar más tiempo alejado de ella, intentando no pensar en las noches que lo había recibido feliz en su cama. Ansiaba abrazarla, hundir la cara en su pelo e inhalar su aroma. ¿Cómo no se había dado cuenta antes de que la amaba? Los meses que había pasado en Escocia durante el invierno había estado inquieto y malhumorado, pero lo había achacado al tiempo tan terrible que había hecho y al estrés laboral, cuando en realidad la respuesta era mucho más sencilla.

Con un profundo suspiro, se dispuso a volver a su habitación y entonces lo oyó. Cate estaba llorando. Sin esperar, abrió la puerta y la encontró en la oscuridad, acurrucada bajo las sábanas.

–Cate –dijo al sentarse en la cama–. Soy yo. Háblame, Catie. No soporto oírte llorar.

–¿Qué estás haciendo aquí, Brody? Es tarde.

–¿Puedo encender la lamparita? –necesitaba verla.

–Supongo.

Estaba despeinada y tenía el rostro empapado. Le acarició la mejilla.

–Desde que te conocí en octubre, tu sonrisa me ha perseguido en sueños. Volví a Escocia, pero en el fondo estuve lamentando esa decisión cada día. Eres todo lo que quiero, Catie.

–¿Y qué pasa con los barcos?

–Puedo vender el negocio si decidimos que es lo mejor. Me puedo mudar aquí y ayudarte con la abuela.

–Vi tu reacción en Cayo Hueso cuando recibiste la llamada.

–Pero no fue por el accidente. Lo que me tenía tan nervioso era nuestra noche de bodas. Pensé que tenía mi vida perfectamente planeada, pero después de aquella noche contigo me veía dispuesto a renunciar a todo para lo que había trabajado tanto y eso me aterrorizó. Nunca he sentido por nadie lo que siento por ti, amor mío.

–Estabas deseando alejarte de mí.

–Sí, es verdad. Pero cuando llegué a Escocia, entré en razón. Lo único que puedo decir en mi defensa es que nuestra noche de bodas me desconcertó. Fue increíble. Te deseaba tanto que me costaba respirar.

–Y eso te parecía mal...

–Siempre me he enorgullecido de controlarlo todo, pero en lo que respecta a ti, ni siquiera sé quien soy. Quiero averiguarlo y quiero hacerlo a tu lado. Me dijiste que no me quieres. Si es verdad, supongo que me lo merezco. Pero si estabas mintiendo, daría todo lo que tengo por otra oportunidad para hacerte feliz.

—He estado muy asustada y confundida, Brody. Yo tampoco sabía lo que era el amor. ¿Cómo puedo saber que lo que siento por ti es real?

A él se le paró el corazón. La besó en la sien.

—¿Qué sientes por mí, Catie?

—Te quiero, Brody. Locamente. Apasionadamente. Me proteges, pero no me agobias. Me haces creer que podré ser una buena madre. Y, aunque suene superficial, eres un hombre sexi y guapísimo y me encanta cómo me susurras en gaélico cuando hacemos el amor.

A él se le secó la boca y se le hizo un nudo en la garganta. Necesitó dos intentos para poder hablar.

—Gracias a Dios —le temblaban las manos mientras le acariciaba el pelo—. *Mo chridhe.* Mi corazón. Te juro que no volveré a dejarte jamás. No puedo. No podría.

—Entonces ya he tomado una decisión.

—¿Sobre qué? —preguntó alarmado.

—No tiene sentido mudarme ahora porque el embarazo está demasiado avanzado y quiero seguir con mi doctora, pero en cuanto el bebé pueda viajar, iré a Escocia contigo. Quiero conocer el mar que tanto amas, las Tierras Altas y la cultura que corre por las venas de mi hijo. Encontraremos el modo de cuidar de Isobel. Quiero ir a casa contigo, Brody. Tu hogar será mi hogar.

—Mi maravillosa y preciosa Cate. Eres mucho más de lo que merezco.

Ella lo rodeó por el cuello y lo besó.

—Ninguno de los dos planeaba enamorarse, Brody, pero de algún modo nos encontramos. Tal vez no en el momento adecuado y tal vez no deberíamos tener un hijo tan pronto, pero no importa. Mientras te tenga a mi lado, puedo con lo que sea.

—Te quiero, Catie.

—Y yo te adoro, testarudo y guapo escocés.

—Fue el acento, ¿verdad? Os vuelve locas, siempre me ha pasado —le respondió con una pícara sonrisa.

Cate estaba en una nube. La felicidad le bullía por las venas.

—Hazme el amor, Brody. Te he echado de menos.

—No podemos.

—Ha pasado una semana y estoy bien, Brody. Iremos despacio y con delicadeza. Por favor.

Veía que Brody estaba dudoso, pero deseaba a su marido y no podía esperar ni un minuto más. Por suerte, había entrado en su habitación medio vestido. Deslizó las manos por su duro torso y sintió sus músculos.

Brody suspiró entrecortadamente.

—¿Me avisarás si te hago daño?

—Claro —le coló la mano por los pantalones y le acarició las nalgas—. Fue una noche de bodas genial y ahora quiero ver lo que puedes hacer con sexo rutinario.

—¿Rutinario?

Ella le mordisqueó el lóbulo de la oreja.

—El sexo no puede ser siempre como el que tuvimos en Cayo Hueso. Seguro que con el tiempo iremos perdiendo la pasión.

—Yo jamás me cansaré de hacerte mía, así que más te vale ir acostumbrándote.

Antes de que ella pudiera decir nada, le arrancó el camisón, se quitó los pantalones y la tendió en la cama. Le agarró las muñecas y le acarició el vientre con su erección.

Cate jadeaba mientras sus pezones se endurecían y se le ponía la piel de gallina.

153

–Te deseo, Brody. No me hagas esperar.

–Esperar es bueno para el alma –le dijo sonriendo. Agachó la cabeza y le besó un pecho. Ella arqueó el cuerpo y se tensó de deseo.

Brody olía a hombre cálido y excitado y sus ojos le decían que la amaba. Ese brillante tono azul estaba iluminado por la felicidad y por algo más profundo.

–Te quiero, Brody –dijo conteniendo las lágrimas. Había estado a punto de perderlo todo. Su bebé. Su amor.

–Ya basta de lágrimas, mi dulce esposa. Ahora estamos juntos. Tú, yo y nuestro hijo.

Con delicadeza, la tumbó de lado y se adentró en ella por detrás, en una postura erótica que le dejaba las manos libres para jugar con sus sensibles pechos. Ella gimió cuando la tocó.

–Oh, sí –susurró ya casi al borde del éxtasis después de largos días deseándolo.

Él se acurrucaba contra su cuello y su cálido aliento le acariciaba la piel.

–Cuando estoy dentro de ti, no quiero que acabe.

Desde ese ángulo, la llenaba completamente y, a la vez, Cate sentía que estaba intentando protegerla. Le agarró la mano con fuerza.

–No pares, no pares –gemía.

–Nunca –le juró él, moviéndose en su interior hasta hacerla volar…

Brody se sentía extraño, pero era la mejor sensación de toda su vida. La mujer que adoraba estaba en sus brazos y los dos intentaban recuperar el aliento.

–Creo que son más de las tres. Deberíamos dormir

–al menos uno de los dos debía mostrar algo de sentido común. Iba a ser padre y tenía que aprender a tomar decisiones maduras.

Cate colocó los dedos alrededor de su miembro.

–Creo que podríamos intentarlo otra vez.

–Cate, necesitas descansar.

–Lo que necesito son calorías. Me muero de hambre.

–Ahora que lo mencionas, yo también. Espero que haya huevos en la nevera.

–¿Y tostadas con mantequilla y mermelada?

–Lo que quiera la futura mamá.

–¡Vaya! Al final esto del embarazo sí que va a tener beneficios –dijo Cate riéndose.

Él le dio una palmadita en el trasero y recogió su ropa interior y su camiseta, aunque al instante se lo pensó mejor y lo tiró todo a la cama.

–Tengo una idea –le dijo acariciándole la tripa.

–Espero que tenga que ver con comida.

Brody se sentó en la cama y la acercó.

–Enseguida, pero ahora tengo la necesidad imperiosa de sentarte en mi regazo.

Cate se rio y, cuando unieron sus cuerpos, apoyó la cabeza en su hombro.

–Cate, te quiero.

–Y yo a ti, Brody.

–¿Hasta que la muerte nos separe?

–Y mucho más.

–Eso era lo que necesitaba oír.

Epílogo

Duncan Stewart entró en el hospital corriendo y con un nudo en el estómago. El tan esperado momento por fin había llegado. En algún lugar de ese enorme complejo hospitalario estaba naciendo un bebé, el primero de la próxima generación Stewart.

Era un glorioso día. Brody y Cate estaban felices y enamoradísimos. Pronto dejarían Carolina del Norte y se trasladarían a Escocia.

Pero la abuela no. La testaruda y maravillosa abuela Stewart estaba decidida a quedarse en la casa que había compartido con su marido y seguir dirigiendo el negocio que habían levantado juntos. Ella no volvería a Escocia, lo cual significaba que alguien tenía que sacrificarse en el altar de la responsabilidad familiar.

Duncan era soltero y no tenía nadie que lo atase. Lo más lógico era que fuera él quien se quedase con la abuela y la ayudara a mantener la empresa a flote, y se alegraba de hacerlo, a pesar de tener que renunciar a su trabajo, a su hogar y a sus amigos. Eso era lo que les había dicho a todos, y todos ellos lo habían alabado por su generosidad y buen corazón.

Duncan pulsó el botón del ascensor con rostro adusto y consumido por su propio engaño. Era un hipócrita. Iba a quedarse allí, por supuesto. Pero solo porque no tenía más opción…

Bianca

**La seducción del jeque…
tuvo consecuencias para toda la vida**

EL HIJO INESPERADO DEL JEQUE

Carol Marinelli

Khalid, príncipe del desierto, nunca había perdido el control, excepto una vez: durante su ilícita noche de pasión con la cautivadora bailarina Aubrey. Aquella noche se llevó la gran sorpresa de que ella era virgen, pero ni siquiera ese descubrimiento pudo compararse a la conmoción que Aubrey le causó cuando, ya estando de vuelta en su reino, ¡le contó que había dado a luz a un hijo suyo!

Reclamar a su hijo era innegociable para el orgulloso príncipe, pero reclamar a Aubrey iba a ser un desafío mucho más delicioso…

Acepte 2 de nuestras mejores novelas de amor GRATIS

¡Y reciba un regalo sorpresa!

Oferta especial de tiempo limitado

Rellene el cupón y envíelo a

Harlequin Reader Service®
3010 Walden Ave.
P.O. Box 1867
Buffalo, N.Y. 14240-1867

¡Si! Por favor, envíenme 2 novelas de amor de Harlequin (1 Bianca® y 1 Deseo®) gratis, más el regalo sorpresa. Luego remítanme 4 novelas nuevas todos los meses, las cuales recibiré mucho antes de que aparezcan en librerías, y factúrenme al bajo precio de $3,24 cada una, más $0,25 por envío e impuesto de ventas, si corresponde*. Este es el precio total, y es un ahorro de casi el 20% sobre el precio de portada. !Una oferta excelente! Entiendo que el hecho de aceptar estos libros y el regalo no me obliga en forma alguna a la compra de libros adicionales. Y también que puedo devolver cualquier envío y cancelar en cualquier momento. Aún si decido no comprar ningún otro libro de Harlequin, los 2 libros gratis y el regalo sorpresa son míos para siempre.

416 LBN DU7N

Nombre y apellido	(Por favor, letra de molde)	

Dirección	Apartamento No.	

Ciudad	Estado	Zona postal

Esta oferta se limita a un pedido por hogar y no está disponible para los subscriptores actuales de Deseo® y Bianca®.

*Los términos y precios quedan sujetos a cambios sin aviso previo.

Impuestos de ventas aplican en N.Y.

SPN-03   ©2003 Harlequin Enterprises Limited

Bianca

**La extraordinaria proposición del italiano:
«Cásate conmigo o lo perderás todo».**

UNA UNIÓN
TEMPORAL

Melanie Milburne

A Isabella Byrne se le acababa el tiempo. Disponía de veinticuatro horas para casarse. Si no lo conseguía, perdería su herencia. El protegido del padre de Isabella, Andrea Vaccaro, magnate hotelero, sabía que ella no podía rechazar la propuesta de una unión temporal.

Iban a firmar el contrato aquella noche, con una boda. Pero, teniendo en cuenta su mutua atracción, ¿podía Isabella correr el riesgo de acostarse con él?

DESEO

*Hicieron el amor toda la noche sin ataduras,
pero ¿les vencería la pasión?*

El último escándalo
KIMBERLEY
TROUTTE

Chloe Harper tenía que convencer a Nicolas Medeiros, leyenda
de la música pop brasileña y destacado productor musical, de
que eligiera el *resort* de su familia para grabar allí su programa.
Una noche con su ídolo de juventud la había arrastrado a un
romance apasionado al que ninguno estaba dispuesto a renunciar. Pero los secretos familiares amenazaban con exponer su
pasión a una realidad que podía distanciarlos.